二見文庫

分校の女教師

桜井真琴

目次

分校の女教師

第一章　逃亡先の欲情

1

生まれ育った新潟の冬を舐めていた。

「くっそ……」

森竜也《もりたつや》は、真っ白い世界を歩きながらひとりごちた。

ついさっきまで雪はちらつく程度だった。

だが歩くうちすぐに吹雪になり、日本海沿いの県道まで来た今は、鈍色《にびいろ》の空も海も見えないほど、純白の中に包み込まれていた。

(こんなだったけなあ、この土地って……まだ昼過ぎだぞ)

何年ぶりかなので、雪国の冬の厳しさを忘れていた。

吹雪は、どんなときも舐めてはいけないとこれからは胸に刻もうと思う。

(しかし、さみーな……)

土地勘があるから逃げやすいと思い、来てみればこの天気だ。吹きつける雪粒が痛くて顔も上げられない。

耳元で風が唸っている。

レンタカーを借りようとも思ったのだが、それでは免許証を見せなければならない。

そこから足がつくのを恐れて、歩きにしたらこのざまだ。

(まいったな……マジで死ぬぞ、これ……)

竜也の生まれは新潟の片田舎だった。

父親は飲んだくれで、母親をなじる毎日だった。

しかも仕事といえば日雇い。職場でトラブルを起こしては警察のやっかいになることも多かったチンピラだ。

そんな親だから、子どもである竜也も疎《うと》まれて生きてきた。

中学、高校ではイジメに遭い、家にいれば殴られる。

そんな日々に嫌気が差して、あるときにイジメた同級生に初めて刃向かって、相手の顎の骨を折る重傷を負わせてしまった。

それからだ。

学校で、竜也のことを誰も相手にしなくなった。

教師ですら、怖々話しかけてくるくらいだった。

そのとき、わかったのだ。

自分にはこの道しかないと。

怪我を負わせた同級生には、可哀想とか同情とか、ざまみろとかいう、そういった感情の類いはなかった。

弱いから負けた。

それだけだ。

イジメるなら、イジメるだけの覚悟をしてこいと思った。

そして高校を中退し、竜也は新宿の歌舞伎町に行くことにした。

あてなどなかったが、カタギにはなれないと思ったときから、なんとなくそこがいいな、と思っていただけだ。

行くところもなかったが、ゲイの暴力団員に拾われたのは運がよかった。

男と寝るのは苦痛だったが、なんとかそれでもたえて、男から簡単な仕事をもらえることになった。

男の名前は水橋《みずはし》と言った。

ホストみたいな、キレイな顔をしたヤツだった。

仕事はAVのスカウトだったり、風俗店の手伝いだったり、実入りはよくなかったけれど、自分の手で稼げたのはうれしかった。

水橋は佐島《さじま》組という暴力団の幹部だった。

佐島組は関東を仕切る巨大組織、統人会《とうじんかい》の末端で、小さい組ではあったものの組長の佐島と幹部連中がインテリでシノギがうまくて、土地転がしや金融商品の闇取引は相当儲けていて存在感があった。

その中で水橋が何をしているのかといえば、手配師だ。

つまり人材派遣である。

生活保護を受けている人間や、出稼ぎに来た外国人労働者に仕事をまわしてやるのである。

もちろん、というのもへんだが、当然ながらグレーな商売だ。

竜也はそんな中で毎日、ぶらぶらしながら小銭を稼いでいたのだが、そのうちに組に入れてもらえないかと水橋に頼むようになった。

別にのしあがろうとして、都会に出てきたわけじゃない。

父親や学校から逃げたかったから、ずっと新宿にいただけだ。それでもぶらぶらしているのも不安だったから、なんとなくつながりが欲しかったのだ。

「おまえは向いてないよ。やめた方がいい」

水橋はしきりにやめるように言ったが、竜也は聞かなかった。

それで、めでたく佐島の杯をもらったのだが、今年の正月に組員が抗争を起こしてパクられることになった。

組としては、シノギのできる幹部を警察に渡したくない。

そこで……白羽の矢が立ったのが、末端の末端、竜也である。

身代わりになって出頭すれば、ムショから出てきたら、シノギをわけてやると言われた。

たった十年でいいんだぞ、と言われたときには脚が震えた。

十年。

今、二十四歳だから、三十四歳までである。

遊びたい盛りにムショなんかにいたくない。ムショの生活もまっぴらだ。

考えた。

ずっと考えて、出た結論は「逃げる」ことだったのだ。

どうせチンピラひとり、血眼になって追ってくることはないと考えていた。

(しっかし、相変わらずなんもねえなあ……)

日本海沿いの道は歩くのもしんどいが、休めるような場所も見えない。

さすがに生まれ育った町は佐島組の手がまわっていると思うので、隣町まで来てみたのだが、ちょっと記憶が曖昧である。

(確かこのへんに、漫画喫茶とかなかったっけ?)

高校時代に何度かチャリで行った記憶があるのだが、つぶれたのだろうか。

とにかくこのあたりは人と滅多に会わない田舎だ。

若い人間はみな都会に出るので、漫画喫茶は経営が成り立たないのかもしれない。

それにしても、よくよく考えたら、金を貸してくれる地元の人間がひとりもいないというのも寂しいものだ。

頼りになる人間もいないなら、冬の新潟に来る意味などなかった。

惨めだった。

ゴォーという轟音とともに、すさまじい風が吹きつけ、身体を持っていかれそうになる。

右も左もわからない中で、闇雲に歩くのは危険だ。

吹き飛ばされ、道路の中央に出てしまう可能性がある。

いや、それよりも。

危険なのは雪の吹きだまりってやつだ。

吹きだまりは、風によって寄せられた雪が積もった場所のことである。

何が埋まっているかわからない。意外と雪の下が排水溝だったり、川だったりすることもある。

場合によっては、自力では脱出できなくなる。

気をつけて歩いていると、だんだん体力と体温が奪われてくるのがわかる。三月なので平気かと思い、革ジャンとトレーナーで来てしまったのだ。

(さみぃ……こりゃ、マジでやべえな)

そのときだった。

目も開けられない暴雪の中、雪壁の中に埋もれるように佇んでいる飲食店が目に入った。

窓から灯りがもれている。

(おっ、やってる)

目をこらすと営業中の看板が見えた。

喫茶店のようだった。

一歩一歩じりじりと進み、なんとか店先にたどり着いた。入り口のドアを開けると、ベルがからんからんと音を立てて、雪が店内に激しく吹き込んできた。

2

(ああ……助かった……)

じんわりとした温かさが体中に巡っていくようだった。

そのときはじめて、スニーカーを履いた爪先や、手袋をしていない指先がかじかんでいることがわかった。

「……びっくりしたわ。いらっしゃい。どうぞ、好きなとこ座って」

カウンターの中には、エプロンをつけた女がいた。

その隣にはやたらとガタイのいい髭面の男もいて、一瞬だけこちらを睨んだが、すぐにそっぽを向いた。

狭い店内に客はいなかった。

カウンターが数席、そして小さな木製テーブルが三つ。奥にはソファ席があった。

内装が山小屋を思わせた。

天井は梁が剝き出しで、シーリングファンがまわっている。壁に貼られた古くさいポスターや、手書きのメニューなどは昭和を思い出させるものの、つくりそのものは新しいので、新築したか、あるいはリフォームしたばかりなのだろう。

端に鋳鉄製の薪ストーブがある。

そのおかげだろう、かなり暖かい。生き返った気分だ。

竜也は入り口で革ジャンについた雪を払ってから中に入った。革ジャンもジーンズも雪まみれだった。

それより、スニーカーが湿っているのが気持ち悪い。

客が誰もいないなら、ストーブで爪先を乾かしたいと思いながら、奥のテーブル席に着いた。

中に着ていたトレーナーも少し濡れてしまったが、まあこの暖かさならすぐ乾くだろう。

「びっくりした、なんて失礼よね。でもこの天候でお客さんが来るとは思わなかったの。ごめんなさいね」

女がおしぼりと水を持って、竜也の前に置いた。

「あ、ども……」

ぽつりと言うと、女はウフフと笑う。

(年はいってるみたいだけど、いい女だな……)

竜也は女の顔をまじまじと見つめた。

年齢は三十代前半ってところか、四十はまだいってないだろう。

なかなかの美熟女である。

軽くウェーブした肩までの黒髪はサラサラして、雪国の女らしい白い肌もシミやくすみもなく艶っぽい。

タレ目がちな双眸《そうぼう》に加えて、左目の下に泣きぼくろがあって、これが色っぽさを引き立たせている。

女は上品で落ち着いていて、しっとりとした色気があった。

「今日は誰も来ないかしらって、ウチの人と話してたところよ。何にする?」

見惚れていた竜也は慌てた。

メニューを眺める余裕もなかった。

「えっと……コーヒー。ホット」

「はーい、ホットひとつね」

女がカウンターに向かって弾んだ声をあげると、男は何も言わずにお湯を沸かしはじめた。

女はまたカウンターに戻って作業を続ける。

(田舎の喫茶店なんかにもったいねえ……掃きだめに鶴だな)

ウチの人と言っていたから、人妻らしい。

楚々とした雰囲気でも、そそる色気があるのも人妻だからだろう。

じっと見ていると、「おっ」と思った。

後ろを向いたときの腰つきがやたらと充実していてエロかったのだ。

厚手のVネックセーターにウールのロングスカート。その上からエプロンという野暮ったい格好だが、プロポーションのよさは服の上からでもはっきりわかった。

首筋から鎖骨にかけての白い肌もいい。

スカートがはち切れんばかりの、巨大な尻も熟女らしくてそそる。

旦那と思しき男が「とうこ」と呼んで、仏頂面で珈琲カップをカウンターに置いた。

とうこと呼ばれた女はそれを盆に載せ、竜也のところに運んでくる。

「はい、どうぞ」

珈琲カップを置いたときに、女が前屈みになった。

とっさに目線が下にいく。

(おっ、見えた。いいおっぱいしてるじゃねえか……!)

Vネックのセーターの胸元が緩んで、白い胸の谷間が完全に見えた。

やわらかそうなおっぱいに、ベージュのブラジャーまではっきりと視界に飛び込んできた。

おばさんらしい地味なデザインのブラだ。

やはり田舎の熟女はかなり無防備だ。自分が男の性的な対象になっているとはつゆ知らず、ウフフと優しげに笑っている。

(ちょっと垂れてたっぽいけど、デカいな……柔らかそうだし)

服の上からでも重たげに揺れていたから、デカいだろうと思っていたが、想像以上だった。

そういえば、ずいぶんと女を抱いていなかった。

だから、ちょっと乳房が見えたくらいで中学生みたいに興奮して、股間を熱くさせてしまったのだ。

「ねえ、靴とか乾かそうか」

とうこが尋ねてきた。

ハスキーな声だ。抱いたらいい声で鳴きそうだ。

「いや、いいや。こん中あったけえし」

思わず、地元の言い方になってしまった。

とうこのイントネーションに、自然と引っ張られたようだった。

(しかし、とうこってどんな字だ？　塔子……こんなところか)

珈琲の柔らかな香ばしい匂いが立ちのぼる。

一口飲んで、ほうっと息をついた。

店が強風にあおられ、キイキイときしんだ音を立てている。

塔子の旦那はラジオのボリュームを少し小さくしてから、おもむろにエプロンを脱いで、塔子に渡した。

「じゃあ行ってくっから。夜には戻る」

「大丈夫なの？　気をつけてよ」

塔子が言い終える前に、旦那はさっさと奥に引っ込んでしまった。

引っ込む前に、旦那はちらりと竜也の顔を見たが、それが何を意味するのかよくわからない。

（どっか出かけるのか……）

どんな大事な用事か知らないが、こんな猛吹雪によく出かけられるもんだ。

と、思ったけれど竜也も子どもの頃は、学校までの雪道を自転車で走っていたものである。

「あの……」

「ん？　追加の注文？」

声をかけると、塔子は優しい笑みをこぼして振り向いた。

ちょっとドキッとしてしまう。

（あほか……美人だって言っても、田舎の喫茶店のおばさんだぞ……）

どうも自分は欲求不満らしい。

少し落ち着いてきたので、竜也はスマホを取り出した。

人には聞かせたくない話だから外で話したいが、今は猛吹雪だ。なので、竜也はちらりと塔子を横目に見てから、後ろを向いて電話をかけた。

呼び出し音が一回で、電話に出た。

「竜也か？」

相手は、組で歳の近い本間《ほんま》という男だ。

基本的にヤクザは信用していないが、本間はまだぺーぺーで、それほど極道に染まっていないから、本音が言える相手であった。

「早かったな、電話取るの」

「そのうちかかってくるかなあって思ってたからな。なんで俺に対しても非通知なんだよ」

「一応、警戒してんだ。それより、どうなってる？　組の方は」

塔子に聞かれぬよう、小声で話す。

「探してるよ。ヤクザってのはメンツだからなあ。ケジメ取るって言ってる。おまえ、今、どこにいるんだよ」

「……誰にも言わないだろうな」

「言うかよ。俺とおまえの仲だろう。なあ、竜也」

本間の電話を聞いていて、竜也は直感的にまずいと思った。

何か違和感があると思ったら、本間が何度も名前で呼んでくるのだ。本間は竜也のことを「タツ」とか「タッちゃん」としか呼ばない。

「……沖縄だよ。那覇のビジネスホテルにいる」

喋った瞬間、本間の背後で物音がした。

やはりだ。

組員たちが本間をマークしていたに違いない。

「なんてビジネスホテルだ？」

訊かれて電話を切った。

（危なかったな。本間の野郎、よく機転を利かせたな）

今頃、沖縄の組に連絡を入れているに違いない。あそこには佐島の兄弟分の組がある。

竜也がスマホをズボンのポケットにしまっていると、塔子が不思議そうな顔をしていた。

沖縄にいる、とウソをついたのが聞こえたのだろう。

（やばいな……本気で探してんのかよ……）

竜也は頭を抱えた。

組員ひとりくらい、と思ったのは甘かったようだ。不安が襲ってきて、いてもたってもいられなくなる。

誰でもいいから話をしたかった。

「カウンターに行っていいかな」

テーブル席から、カウンターの中にいる塔子に声をかける。

「いいわよ、もちろん」

彼女はニッコリ微笑んだ。

話し好きらしいし、何より客などきそうもないから暇なんだろう。その点はよかった。組員たちが探しているとわかった今、ひとりで悶々としているとおかしくなりそうだ。

とにかく誰かと話していたかった。

竜也は珈琲カップと水を持って、カウンターに移動した。

塔子を改めて舐めるように見た。

目鼻立ちは整っている。少しタレ気味で、とろんとした瞳がたまらなく色っぽい。

ほとんどメイクしていないのに、これだけ美人ということは、しっかりメイクしたら相当イケるのだろう。

「このへんで見ない顔ねぇ」

塔子がふいに話しかけてきた。

「東京から来たんだ」

「へえ東京から。なんでこんな田舎に？　しかもこの天気に」

「……隣町の生まれでさ」

「あら、そうなの？　どの辺かしらねぇ」

竜也は聞こえないふりをした。実家のことを話して共通点でも見つかったら面倒くさいことになりそうだ。

珈琲をすすりながら窓の外を見た。

吹雪は、ますますひどくなっている。

「君、いくつ？」

このあたりの言葉は、語尾にアクセントがくる。懐かしいイントネーションだった。

「二十四だけど」

彼女は少し間を置いて、薄い笑みをつくる。

「……二十四歳？　うわあ、若いわあ。名前を訊いてもいいかしら」

塔子は楽しそうに相好を崩した。

笑うと目が三日月みたいな形になって、急に可愛らしい感じになる。竜也は改めてドキドキした。

（バカみたいだな、こんな喫茶店のおばさんに）

珈琲をすすり、一息ついてから偽名も面倒だなと思って本名を答えた。

「竜也っていうんだ。ええっと……そっちは……」

「塔子よ。風見《かざみ》塔子。塔の字は、タワーの塔ね」

「……ふーん。塔子さんか」

人妻の名前を反芻しながら「おっ」と、思い、生唾を呑み込んだ。

塔子は足元の何かを取ろうとしたらしく、また前屈みになったから、襟ぐりから乳房が再び見えたのだ。

今度は旦那がいないから、じっくりと拝めた。

かなりの大きさだ。

Fカップとかありそうだ。

しかも柔らかそうに、たゆん、たゆん、と揺れていて、顔を埋めたら気持ちよさそうだなと想像すると、股間が熱くなってくる。

「ねえ。お姉さんはいくつよ」

わざと軽口を叩いた。

すると、

「やだもう……」

と拗ねたような表情で塔子は恥じらいつつ、からからと笑った。

「嫌味ねぇ。おばさんでいいわよ。四十二だもの。君のお母さんの方が歳は近いわよねえ」

竜也は本気で驚いた。

(四十二？　見えねえぞ。マジかよ)

股間が疼く。このくらいの年齢の女に欲望を抱くなんて初めてだ。

今の今まで、アラフォーをオカズにしたことはない。

(おふくろは確か今年で四十九か……)

いらぬことを考えてしまい、竜也は気分を害した。

父親のは直接的な暴力だったが、殴られていた母親にも苛立ちを覚えていた。

母親は理不尽に殴られても、怯えるだけで抵抗しなかった。

ただうかがうような目つきで、見ている。

それがイラッとしたのだ。

そういう意味では、親父とおふくろは合っていたのだろう。そんなことを考えるもおぞましいのだが。

そのせいで、竜也は夫婦や家族が嫌いになった。

こぢんまりした喫茶店を夫婦で経営するという、目の前の女にもいらついた。

「ここって、夫婦でやってんの？」

尋ねると塔子は笑った。

「こんな小さな店で、人なんか雇えないわよ」

「ふーん」

「子どももいないから、まあ悠々自適といえばそうなんだけど」

悠々自適。

その言葉になんだかムカついた。

道楽で喫茶店か。余裕ある人生が羨ましかった。

（くそっ……俺は逃げてる人生なのに）

わかっている。

自分が悪いのだ。

どこかで人のせいにして生きてきた。

そのせいで、このざまなのだ。

かっかしていたら、汗ばんできた。かじかんでいた手も足も、ようやく血が通いはじめたようだ。

「あのさ……少しストーブ弱くしてくれない？」

「ごめん。熱かった？　あ、でも血色よくなってきたわね」

塔子が薪ストーブの前まで行って、すっとしゃがんだ。

（おっ……）

スカートに悩ましい尻の丸みが浮かびあがっている。華奢な腰つきなのに、ヒップはふるいつきたくなるほどムッチリしていた。

その尻を見て、竜也は胸が苦しくなった。

暖かくなって血流がよくなったのか、股間がいよいよズキズキと疼きはじめてきた。

「よかったわ、最初に入ってきたときは、死んじゃうかと思ってたのよ。あっ、もしかして、巻中《まきちゅう》の新しい先生かしら」

「先生？　俺が？　まさか」

誰かと間違えているようだ。

先生？　笑ってしまう。

そんな真っ当な仕事なんか、考えたこともない。

塔子は薪ストーブの温度を調整しながら、ストーブのガラス窓を覗き込んでいた。

赤々とストーブの火が燃えている。

しゃがんだ尻が動くたびに揺れているのが、なんとも扇情的だった。

スカートを張りつかせんばかりに肥大化した尻は、熟女らしい色気を振りまいて、くなっ、くなっ、と揺れている。

バックから突いたら気持ちいいだろう。そんな妄想をかきたてるほど、尻のうすらデカさに興奮が高まる。

（たまんねえな……）

竜也はぺろりと唇を舐めた。

股間が脈動している。

収まりが、とても効かなかった。

(もう、どうなってもいいしな……)

佐島の連中に見つかれば、ただではすまないだろう。

もしかしたらここでサツに捕まった方が、まだマシかもしれないと打算が働いた。

音を立てずに、塔子に近づく。

心臓がバクバクした。耳鳴りがひどくなる。

「ねえ、どうして君、こんな吹雪の日に歩いていたのかしら。よかったら、おばさんに聞かせ……ムウウッ!」

竜也は右手で、塔子の口をふさいだ。

「ンッ! ンンンッ!」

逃げようとした身体を押さえつける。

塔子が目を見開き、怯えた表情を見せてくる。

全身が緊張で強張っている。白磁のような肌はうっすらとピンクに染まり、濃厚な汗の匂いがわずかに漂った。

やってしまった。

もう、戻れないところに来てしまった。

3

塔子が、口を塞いでいた竜也の右手を思いきり嚙んだ。

「いってっ！」

痛みにたえきれず、思わず塔子を突き飛ばしてしまった。

「きゃっ」

塔子が床に派手に倒れた。

（やば……）

大丈夫かと、床に突っ伏した人妻を見て竜也は息を呑んだ。

転んだ拍子に熟女のスカートがまくれあがり、白い太もものほとんどの部分が露出したのだ。

室内だから、ストッキングを穿いてなかったのだろう。

ムッチリした熟女の太ももが艶めかしい。

塔子は竜也の邪《よこしま》な視線を感じたらしく、ハッとしてすぐに乱れた裾を手で下ろして、恥じらい顔を見せてくる。

「な、何なの？　ウチにお金なんてないわよ」

塔子は睨みつけながら、吐き捨てるように言った。

金か。

思わず笑みがこぼれてしまう。

「おばさんさあ、いい脚してるじゃねーかよ。金なんかより、いいものがあるじゃん」

塔子の顔色が変わった。

《まさか、こんなおばさんの身体なんて……》

という女の表情を見せてきたから、さらに欲情してニヤついた。

「……脱げよ」

自分でも驚くほど冷たい声が出た。

塔子が震えている。

自分の中で、嗜虐《しぎゃく》的な気持ちが高まるのを感じた。

今まで、グレーなこともずいぶんやった。

けれども女を犯すなんて、こんな下劣なことは今まで考えたこともない。冷静を装いながらも、心臓が口から飛び出そうなほど緊張する。

塔子が目を細めて見つめてきた。

「ねえ、こんなおばさんの裸なんて見て何が楽しいの？　あなた……いったい何をする気？　こんなことしても、すぐに捕まる……」

「うっせえな。黙れ」

自分の中でアドレナリンが出ているのを感じる。

これほどまでに自分は暴力的だったのかと、怖いくらいだ。

下唇を噛みしめて睨んでいた塔子が、竜也の手元を見て、ハッとなって立ちあがった。

竜也は右手にバタフライナイフを握っていた。

何かのときのために用意していたものだ。

「おばさんねえ……でも、いい身体してるじゃん。おっぱいもケツも、やたらでけえしさ。旦那に可愛がられてるのかい？　そんなにいい身体してるんなら、旦那ひとりじゃ持て余すだろ」

ニタニタ笑いつつ煽ると、怯えていた塔子はキッとまた睨みつけてくる。

だが、顔立ちが整っているから、怒った顔もなかなかセクシーだった。口元のほくろがやたらと男を誘ってくる。

「若い頃は、けっこう遊んだんじゃないの？　今さら清楚ぶってもしょうがねえだろ。俺にも楽しませてくれよ。たまには旦那以外の他の男に抱かれるのも、悪くないだろ？」

犯罪行為に手を染めたことで猛烈に昂ぶり、饒舌になっていた。

「さっさと脱げよ。すっぽんぽんになるんだ。へへ、おっぱいもおま×こも、全部俺にしっかり見せるんだよ、おばさん」

塔子は目の下を赤く染めてイヤイヤした。

（なかなか可愛いところもあるじゃないか）

乱暴にされたことなどないのだろう。エプロンを外して、Vネックのセーターをまくろうとする手が震えている。

「……裸になるから……見たら帰ってよ……」

塔子は諦めた顔をして、深々とため息をつく。

そしてクロスさせていた手を動かして、セーターをめくりあげる。

（おお……）

思わず舌舐めずりしてしまった。

地味なベージュのブラジャーに包まれた巨大なふくらみが、露わになったからだ。

息を呑むほどの乳房のデカさがたまらなかった。

レースのついたベージュのブラジャーは、いかにも普段使っているくたびれたものだったが、それが逆に生活感をにじませていてエロかった。

「次は下だよ、スカートを脱ぎな」

ひとまわり以上も歳の離れた男に辱《はずかし》めを受けるのがつらいのだろう。塔子は目尻に涙を浮かべつつ、スカートのホックに手をやった。

だが、今度は簡単にはいかなかった。

目の下を赤く染めて、しばらくどうしようかと考えているようだった。

「早くしなよ。強引に脱がせてもいいんだぜ」

竜也が煽ると、塔子はまた深いため息をついた後に、こちらをちらりと見てから中腰になり、ゆっくりとスカートを足元に落とした。

下着は腰までを覆うタイプのガードルってやつだった。

なるほどガードルを見せたくなかったのか、と心の中で苦笑してしまう。だがガードルに包まれた下半身も、十分に女らしくて悩ましかった。

けっして太ってはいないのだが、腰のあたりに少しばかりたるみがあった。太ももはやはりムッチリしている。イヤらしい身体だ。熟れた身体を恥じらう所作が、少女のように可愛らしくてたまらない。

勃起は最高潮だ。

いてもたってもいられなくなった。

「こっちに来い」

塔子は言われた通り竜也の前に立った。

フンと強気に顔をそむけていたが、その実、目の下は羞恥に灼かれるように、ねっとりと赤く染まっていた。

両手で胸と下腹部を隠している。

その恥じらい方が、なんとも男の加虐心を煽ってくる。

「気をつけだよ、おばさん。しっかし、いやらしい身体してんなあ。こんな田舎にはもったいねえよ。熟女ソープでも行ったら、ナンバーワンになれるぜ」

ククッと笑う竜也を、塔子は冷たい目で見つめている。

いいぞ、と思った。

いいぞ、もっといやがれ。

竜也が再びナイフを取り出すと、塔子は青ざめた。

「動くなよ……」

ナイフの先を首筋に当てると、人妻は「ひっ」と小さく声を漏らして目をつむった。

可哀想なぐらいに震えている。

竜也はナイフの背の部分で、人妻の首筋から胸元をなぞっていく。

「あっ……あっ……」

怖いだろうに、塔子はうわずった甘い声を漏らして、瞳を潤ませる。

「おいおい、まさか、感じてんのかよ？」

塔子は目をつむり、小さく首を横に振った。

「ウソつけ。いいんだろ、こういう風にされるのが……」

竜也は荒ぶり、ブラを握ってナイフを入れると、カップが左右に割れて、大きなふくらみが、たゆんと露わになる。

「いやっ！」

塔子は両手をクロスさせて乳房を隠すも、大きすぎて下乳も上乳も、腕からハミ出て見えている。

「気をつけだって言っただろ！」

ナイフの先を首元に向けると、塔子は、

「うっ……」

と、羞恥の声を漏らしながらも、おずおずと両手を下ろしていく。

竜也が手を伸ばして、ぐっと揉むと、

「ううう……」

再び塔子は恥ずかしそうに目をそらし、くぐもった声を漏らす。

「エロいおっぱいだな、おばさん」

言葉で煽りながら、じっくりと揉み込んだ。

「うっ……んん……」

塔子の恥辱を感じているうめき声が、さらに大きくなる。

竜也はさらに乳房にぐいぐいと指を食い込ませて揉みしだくと、熟女の乳房はぐにゃりと形をひしゃげて揺れ弾む。

「すげえ……やわらけ……」

とろけるような揉みごたえだった。

わずかに垂れ気味の白い乳肉と、小豆色にくすんだ大きな乳輪は、見た目からしてかなりエロいが、触り心地もたまらなかった。

どこまでも指が沈み込むのに、それでいて指を押し返す弾力がある。

竜也は胸の谷間に顔を埋めて頬ずりした。

異常な興奮に身体の震えがやまない。

乳を搾るように強く握り、しこってきた乳首を舌で舐め転がしながら、軽く歯を立てた。

「くぅ!」

塔子の身体がビクッと大きく痙攣し、顎が跳ねあがった。

「なあ、言えよ。いいんだろ、こういう風に乱暴にされるのがよ」

言いながらまた、乳首を甘噛みする。

「くぅぅ……ううっ……」

人妻の身体が震えている。

乳首をしゃぶりながら表情をうかがえば、つらそうに唇を噛みしめて、眉をひそめた泣きそうな顔をしている。

「無理矢理でも感じてるのか。欲求不満なのかい、おばさん」

煽れば、またいやいやした。

(しかし、いい匂いがするな……)

乳首を舐めしゃぶりながら、くんくんと肌の匂いを嗅いだ。

噎《む》せるような甘い匂いのする肌だった。

それに柔らかくて温かくて、女の身体はこんなにもいいもんだったんだなと、竜也は改めて思う。

ここ二、三日、きちんと眠れなかった。

逃げることに怯えていて、気が休まらなかった。

追いつめられていた。

女を抱いて、気を紛らわせたかった。

「田舎なんかつまんねえだろ。たまには他の男に抱かれるってのも刺激があっていいよな」

笑いながら言うと、彼女の目がわずかに吊りあがった。

竜也はナイフをしまい、抗う塔子をソファに押し倒して、覆い被さった。

無我夢中だった。

「こ、こんな……こんなことして、何が楽しいの？　あの人が知ったら、君、ただではすまないわよ」

塔子が抗いながら、息を喘がせる。

竜也は笑った。

「楽しいさ。旦那がいない間に、あんたは俺のものになるんだ。ククッ。旦那は確か夜まで帰ってこないよな。客も来ないだろうし。時間は死ぬほどあるぜ。この身体を、たっぷりと味わってあげるよ。おばさんもせいぜい楽しみなよ」

そう言いながら、女の肌に舌を這わせていく。

「う……くぅ……」

塔子が白い歯を食いしばっていた。

人妻のつらそうな表情が、竜也の獣性をさらに煽る。

塔子が逃げようと背を向ける。

そうはさせまいと背後から抱きしめ、乳房をギュウと鷲づかみした。

「痛いっ……」

非難されても、欲望をとめることなんてできない。

さらに荒々しく乳房を揉みしだき、尖りきった先端を指先で転がした。

「あアン……」

抗っていた塔子が喘ぎを漏らす。拒みたくても肉体が言うことをきかないという感じに見える。

「ククッ……痛いんじゃなかったのか？　感じやすいな。旦那に開発されたの？」

嘲《あざけ》りの言葉を口にしながら、竜也は夢中で塔子の身体に舌を這わせた。

「くぅぅ……」

塔子は背中を丸め、竜也の執拗な愛撫に身を震わせていた。

吹雪が窓を揺らす。

ストーブの薪がパチンと爆ぜる。

塔子が逃げないとみるや、竜也は着ていた服をすべて脱ぎ飛ばし、全裸になって後ろから塔子にむしゃぶりついた。

「ああ……あっ」

ソファで腹ばいになった塔子の、浮き出た背骨を舌腹でなぞりあげる。

女の身体は汗でぬめっていた。手入れしてある腋下から、蒸れた汗の匂いが漂ってくる。

「だめ……」

塔子が顔を赤らめ、肩越しにこちらを見つめてくる。今にも泣き出さんばかりの表情に、竜也は昂ぶった。

腰をつかんで引き寄せ、四つん這いにしてから、ガードルの尻に屹立をこすりつける。

「あっ、いやっ……」

塔子が犬の姿勢で、ビクッとした。

ガードルの尻が浅ましくくねっている。目の前で誘うように揺れている。それが欲求不満の仕草に思えた。

「なあ、女ってのは年取ると性欲が増すんだろ」

塔子が四つん這いのまま、肩越しにこちらを睨んできた。口惜しそうに唇を嚙みしめている顔が劣情をそそる。

(たまんねぇ)

ガードルとパンティを一気にズリ下げた。

スレンダーな体軀からは思いも寄らぬ大きな尻だ。塔子は隠そうと手を出したが、その手を払いのけ、腰をさらに引き寄せた。

「……あああ、いやぁぁ」

深い臀割れの奥にひくひくと蠢く排泄の穴が見える。

その下にはサーモンピンクの陰唇だ。

チーズの発酵するような匂いがプンと漂った。獣じみた生臭い匂いだった。

「いやって言いながら、こんなに濡れてんだ」

「うッ……ううっ、言わないで……」

塔子は嗚咽《おえつ》を漏らした。よほど恥ずかしかったのだろう。

もう入れたくてたまらない。竜也はペニスを尻割れの下部に押し当て、挿入しようとスーッとなぞった。

「……まっ、待って……」

塔子が肩越しに焦った顔を見せる。

濡れそぼった女肉の入り口に、先端を嵌め込んだ。

引き裂くように広げ、一気に貫く。

「あああ……！」

塔子が犬のまま、白い背を大きくのけぞらせる。

「だっ、だめぇ」

抵抗の言葉は弱々しかった。

竜也はググッと腰をせり出し、肉竿をさらに膣内に埋め込んだ。塔子の中は熱くてどろどろにとろけきっている。

「んんっ……」

塔子がこらえきれずに声を漏らし、ぷるぷると背中を震わせている。

(すげぇ……いい味だぜ)

膣が締めつけてくる。あまりの甘美に頭が痺れた。

自然と腰が動いていた。

子宮に先端がぶつかるほど激しく突いた。

「いやぁぁ……!」

塔子が顔を歪ませる。パンパンと音が鳴り響く。バックから獣のように犯されて、塔子はソファに爪を立てる。

さらに突き入れた。鈴口から血が出るかと思うほど強く、深くえぐった。

「ああっ、あああああっ!」

塔子が獣のような声を放った。ぬちゃ、ぬちゃ、ぬちゃ……いやらしい蜜の音が響き、すぐに甘い痺れが全身を貫いた。

「だめっ、だめぇぇぇ——」

塔子が叫ぶ。竜也はかまわずに突きまくった。

突然、どくん、と切っ先が大きく脈打った。その次の瞬間……。

「う……おおお！」

あまりの気持ちよさに竜也は吠えた。

びゅむ、びゅる……。そんな音が聞こえそうなほど盛大に精液が塔子の中に放たれていく。

第二章　あたたかい女

1

吹雪はやまないようで、まだ窓がガタガタと音を立てている。

ぶるっ、と寒気が襲ってきた。

薪ストーブのガラスから見える炎が小さくなっている。竜也は床に散らばっていたジーンズとパンツとトレーナーをかき集めた。

ソファの上に突っ伏していた塔子が、ようやく身体を起こした。

股の間から白いものが垂れこぼれていた。

（女をレイプ……したんだ……この俺が……）

今さらながら、震えが襲ってきている。

もともと度胸がなくて、逃げまわっている男である。それが人の妻を無理矢理に犯して、しかも中出しまでしてしまったのだ。

(どうしてこんなこと……)

今まで風俗の女はかなりの数、抱いてきた。だけど無理矢理は初めてだ。

自暴自棄になっていたが、だからといってそれが免罪符になんかなるわけがない。服を着ながらも、ちらちらと人妻をうかがうように見た。

塔子はめくれあがったセーターとスカートを直し、ゆっくりと下着を拾いあげている。

「向こうを向いてて……」

弱々しく、塔子が言う。

竜也は背を向ける。

もう脅すつもりはなかった。

もしこの女に訴えられたら……どこへ逃げようか?

レイプする前は捕まってもいいかと思っていたが、やはりムショはいやだ。

「……いいわよ」

声が聞こえて振り向くと、塔子は服を着て、乱れた髪を直していた。テーブルの上に丸まったティッシュがあった。膣内の精液をそれで拭ったのだろうと思うと、罪悪感とともに妙な興奮も味わった。

彼女は分泌物のついたソファを丁寧に拭いている。

作業をしている間、こちらをちらちらと見てきていた。会ったばかりの男に無理矢理に身体を奪われたのは、どんな心境なのか。少し心が痛んだ。

竜也は窓の外を眺める。

出ていけばいいのだろうが、外はまだ荒れ模様だ。竜也はカウンターの椅子に腰かけて、ぼんやりとただ外を見ているしかなかった。

重苦しい空気を切ったのは、塔子からだった。

「君、どこの子なの？」

「うん？」

振り向くと、塔子がソファに座ったまま、ニコッとした。

(なんで笑うんだよ)

不思議だったが、そのことは口にしなかった。

「M町だよ」

「隣町ね。お父さんは何してる人？」

塔子の顔をまじまじと見た。

なんでこんなにいろいろ聞いてくるんだろう。自分を犯した凶悪犯だというのに。

「言いたくない。ただの飲んだくれだ」

「お母さんは？」

「それも言いたくない」

憮然としていると、塔子が横に座ってきた。

「家族に会いに来たんじゃないの？」

「そんなわけない。できるなら一生会いたくねえしな。兄弟もいねえし、イジメられてたから友達もいねえ。いい思い出なんかねえよ」

生い立ちをこうして口に出すと、やっぱり自分は不幸なんかなあと、しみじみ思った。

やっぱり来るんじゃなかった。

「じゃあ、どうしてここに？」

「逃げてきた」

「逃げて？　誰から」

「俺は組員だ」

「組って、ヤクザ？」

「そうだよ。で、同じ組の連中から逃げてきた」

そのときだ。激しい風の音がした。

店が揺れて灯りがふっと消える。スマホを見ればまだ昼の三時である。なのに吹雪のせいで店内は薄暗い。

塔子がカウンターの中に入り、ブレーカーのスイッチを入れていたが、何も変わらなかった。

「停電かしら。困ったわ、薪がないのよね」

塔子が不安げに言った。

「他の暖房は？」

「床暖は電気がなけりゃ全然だめ。石油ストーブは壊れてるし……」

窓の外を見る。

まだ一歩も動ける気がしなかった。

ガラスに、うなだれる塔子の顔が浮かんでいた。

「電気って面倒ねえ。こうなるとお風呂も沸かせないんだから。近所に家がないってのは、不便だわ。何も借りられない」

「コンロは？」

「電気なのよ」

塔子は携帯電話で旦那を呼んだ。だが、簡単には戻られそうにないとのことらしい。会話はすぐに終わった。

「君のこと、心配してたわよ」

「旦那としては、奥さんの方が心配じゃないのかな？」

そう言うと、塔子は薄く笑った。

「あの人は女のとこ行ってるのよ」

えっ、と思った。

「……そうなんだ」

「そうよ」

塔子が哀しい顔をした。なるほど、夫婦なんてわからないもんだなあと、竜也は思った。

（どうすっかな……）

こんな暴風雪で、すぐに電気が復旧するとは思えない。子どものときもよく大雪で停電があった記憶があるが、復旧するのは大抵次の日だった。

そういうときは早めに布団に入った。何枚も布団を重ねて潜れば、どうにか過ごせたものだ。

塔子と目が合った。

「今日は帰って来ないかもしれないわ。どう？　やむまでここにいたら。簡単なものだったら、火がなくてもつくれるし」

「へ？」

思わぬ言葉に、竜也は素っ頓狂な声をあげた。

2

握り飯をもらってから、塔子は居間に布団をひいてくれたので、早めに寝ることにした。

（なんかへんなことになっちまったな……）

ここに逃げてきたのは土地勘があるってだけだ。頼る場所もなかった。それなのに、今こうして襲った人妻の家にやっかいになっている。不思議なもんだ。

「さみっ」

布団に頭まですっぽり入る。

旦那の使ってないパジャマは厚手だし、毛布に掛け布団もしっかりあったかいのだが、やはり空気が冷たいのだ。

電気は夜中には戻ると、スマホのニュースに書いてあった。何時に復旧するとまではわからない。

このまま朝までいてもいいんだろうか。

それとも、油断させて塔子は警察を呼んでいないだろうか。いろいろ考えているのだが睡魔が襲ってきていた。

ここのところ寝ていないし、女を襲うのも体力が必要だったから疲れていたのだろう。

目を閉じていると、外の風の音も心地よくなってきて、うつらうつらした。

そのうちにペニスが硬くなっていくのが、まどろみの中でわかった。

（ん？）

ほっそりした指が、パジャマの上から股間部分をいじっている。

夢ではない。人の気配をはっきりと認知した。

むせ返るようなムンムンとする甘い体臭と女体の感触。

仄かな息づかいに、温かなぬくもり……。

背中に押しつけられている柔らかな胸のふくらみを感じて、慌てて竜也は目を見開いた。

「お、おい……」

驚いて声をあげる。耳元で色っぽい息づかいが聞こえた。

「ンフッ……寒いでしょう？　こうしているとあったかくない？」

頭の中が軽くパニックになった。

この人妻はどうして自分を襲った男の布団に潜り込み、抱きしめてくるのだ？

もしかして、許してくれるのか。

おそるおそる振り向くと、

「いてっ」

塔子が指で鼻をつまんできた。

「欲求不満だから、夫にかまってもらえないから、誘ってるとか思ってんじゃないでしょうね」

「……違うのかよ」

訊くと、塔子は暗闇の中でぼんやりと哀しげな顔をした。

「違わないかな。久しぶりだったし……私をレイプしたことは許せないわよ。だけど……それよりも君が心配」

「俺?」

「そう。組に追われてるって、人でも殺したの?」

竜也は慌てて首を振った。

「してねえよ。なんでだよ、こええな」

「だって組に追われてるって、そういう凶悪な犯罪者でしょ」

極端すぎて、思わず吹き出してしまった。

それで少しリラックスできた。

「組の人間がパクられそうになってさ。それの身代わりで警察に出頭しろって命令されて、ムショがいやだから逃げてきた」

暗闇に目が慣れてくると、塔子の表情がわかった。

キョトンとした顔をしている。まあそうだろう。自分だって、身代わり出頭なんて小説の中の話だと思っていた。

「よくわかんないけど、それで逃げたんなら放っておくんじゃないの」

「まあ、血眼ってほど必死に探してはないけど、ヤクザは命令違反をほっとかないよ。面子ってものがあるんだよ」

「イヤだって、はっきり言えばよかったじゃないの」

「言えるわけねえよ。おっかねえ」

竜也は苦笑した。

なんだかばかばかしいような気がしたからだ。

イヤって言うのが怖かったなんて、まるで子どもだ。

本音を言ったことで、気持ちが軽くなった気がした。結局ひとりで溜め込んでいたのだ。

「あーあ、これからどうすっかなあ」

何気なく呟いた。

ぼうっとしていると、温かいものが一瞬、唇に触れた。その後に塔子が両手で頬を挟み、もう一度ゆっくりと口づけをしてきた。

「んっ……！」

キスをほどき、目を見開いた。

「こんなおばさんに、チューされたら、いやだった？」

「い、いや……別に」

なんだかわからないけど、竜也は照れた。

なんでキスしてくるのかが、まったく理解できなかったからだ。

理解はできなくとも、心臓が早鐘を打ってくる。

アラフォーだが、キレイなおばさんだ。

いやなんて……そんなわけがない。

今度は竜也から唇を重ねる。

「ンフッ……」

人妻の色っぽい呼気や、柔らかな唇、甘い唾液が竜也をまた駆り立てる。

強く抱きしめながら、温かな口内を舌でまさぐった。

「んうん……んううう」

塔子は身体を強張らせていたものの、すぐに自らも舌をからめてきて、濃厚なディープキスに変わる。

女の唾を吸い、泡立った物をコクンと嚥下すると、とろんとした喉ごしに背筋が痺れる。たまらなかった。

息苦しくなり、ようやく唇を離すと塔子は優しく微笑んだ。

「こうしたかったのは、欲求不満だけのせいじゃないのよ」

塔子が続ける。

「私ね、息子がいたんだけど、中学生のときに事故で死んじゃったのね」

いきなりの告白に、竜也は息がつまった。

「え……マジか」

「いいのよ。神妙な顔をしなくても。もう十年も前のことだから。生きていればあなたに近い歳よね」

何も言えなくなってしまった。

「そうなのか……俺……」

「いいわよ、今さら。へんよね、でもあなたに抱かれている間に、いない息子のことを考えちゃったのよね。いやだったけど、でも……」

塔子の手が伸びてきて、パジャマの上からまた屹立を探る。

「うっ……えっ……お、おい……」

「硬くなってる。ねえ、自暴自棄にならないで。まだ若いんだから。これからがあるんだから……君、少しだけ先生したら？」

「は？　先生？」

「そう。近くの分校でね、ひとり欠員が出て……補充も来なくて困ってるの。体育だから教えられるんじゃない？　補助要員として」

「できねえよ、そんな」

「逃げたいんでしょう？　お金になるわよ。考えてみて……私を犯した罪滅ぼしだと思ってもいいわ」

そう言って、塔子は目を細めながら、竜也のパジャマの下と下着を、足首までズリ下ろす。

「こんなに大きくして……でも、うれしいかも……私みたいなおばさんに大きくしてくれて」

クスクス笑いながら、塔子は布団の中に潜っていく。

硬くなったペニスを直に握られたと思った、そのとき、

「うっ！」

切っ先が、いきなり生温かい粘膜に包まれた。

「んっ、んうぅん……」

布団の中で、塔子が頬張りながら、リズミカルに鼻息を漏らす。

さらに、じゅるるるっという唾液の音を立てながら、根元近くまで深く咥え込んでいく。

（おおおおっ……き、気持ちいい）

身体が熱くなり布団を剝ぐと、塔子が脚の間にいて、四つん這いで頭を打ち振っていた。舌が生き物のように動いて、肉竿にからみついてくる。

「ンフフ……元気ね……」

人妻は上目遣いに見ながら、また〇字に大きく口を開き、鼻の下を伸ばしながら顔を打ち振ってくる。左目の泣きぼくろが色っぽくて、ドキッとしながらもさらに身体を熱くしてしまう。

唇で甘く肉棒の表皮をこすられ、咥えられながら、敏感な鈴口を舌でねろねろと舐められると、あっという間に射精感がこみあげてきた。

ガマンする間もなかった。

「うっ、おぉぉ……」

竜也は背をそらせて、布団の上で腰を浮かせる。

激しい射精だった。

塔子は一瞬、唇をぴくりと動かしたが、勃起から口を離さなかった。

「……んふっ」

苦しげにうめきながら塔子はペニスを咥え続ける。

尿道から欲望が放出する心地よさに、竜也はうっとりと目を細める。

すぐに吐き出すと思っていた。

だが塔子は勃起を口から引き抜いて、竜也の出したものを吞み込んだ。

「すごい苦いわ……若い子の味って、すごく青臭いのね」

「……悪い。全然ガマンできなかった」

「いいのよ、バカね。私が欲しかったんだもん。気持ちよかった？」

竜也が頷く。

塔子がクスッと笑った。つられて竜也も苦笑いした。

3

暗闇でも、うっすらと見えてくると、塔子が薄いネグリジェのようなものを着ているのに気がついた。

目を凝らすと、胸のぽっちがカップの中心部に浮いている。

それを見ていると、分身はすぐに力を取り戻した。

塔子が驚く。

「まだ収まらないの？」

「ああ、まあ……」

「……する？」

「いいのかよ」

「いいわよ、別に。一回が二回になるだけだもの。ねえ、私のこと好きにしていいけど、今度は乱暴にしないでね。女の子には優しくするのよ」

母親のように言いつつ、塔子が唇を重ねてきた。少しだけ自分の味がした。

抱き合いながら、チュッ、チュッと何度も恋人のようなキスをする。そしてそのまま塔子の全身に唇を這わせていくと、

「ああんっ……ああっ」

彼女が早くも腰をくねらし、背中に手をまわしてしがみついてくる。

ネグリジェをめくりあげて、少し垂れぎみの巨乳を揉んだ。硬くなった突起を

舌で舐め、チュウッと吸いあげる。

「くぅ……」

塔子の背中が大きくのけぞる。

「ああ、気持ちいいわ。君の……竜也の身体、すごく感じちゃう」

しなやかな指が、竜也の髪をかきあげてくしゃくしゃにする。

ふたりとも汗まみれで蛇のようにからみ、肌と肌をこすり合わせる。

「ああン、いい……」

うっとりした目をした塔子が、いよいよ悩ましい声を漏らしはじめる。

竜也は人妻の下半身をまさぐりパンティを剝いた。そしてふっさりした茂みの中に指を入れると早くも濡れていた。驚いて塔子の顔を覗く。

塔子が恥ずかしそうに顔をしかめた。

「ニヤニヤしないで……ホントにエッチなんだから。ねえ、私、すごい久しぶりにシタのよ。こんな自分から誘うようなことしないんだから」

言い訳がたまらなく可愛い。夢中になって塔子の身体を舐めつくす。

さらにワレ目の奥に指を這わせていくと、

「ああッ……」

塔子が上体をそらし、せつなげに喘いだ。

「痛かった？」

塔子は、ハアハアと息をしながら、顔を横に振った。

「ううん。いいわ……すごく……もっと触って」

色っぽすぎて、もうガマンできなかった。

竜也は身体をずらし、塔子の足元にしゃがんだ。太ももをぐいと開き、女の園を丸出しにする。

「あんっ……ちょっと、そんな恥ずかしいこと……」

そっと指をあてがって、花びらをくつろげた。襞が幾重にも連なっている。

サーモンピンクで艶やかな色をしていた。股間をダイレクトに刺激する官能的な眺めだ。

「そんなにじっと見ないで……」

塔子がイヤイヤと首を振っている。

竜也はかまわず凝視し続けた。上部にぷっくりとした真珠のような豆つぶがうっすらと見える。

舌をすぼめて、ツンとつついた。

塔子の身体が波打ち、腰をくねらせて逃げようとした。そうはさせない。

太ももを押さえつけ、ねろり、ねろりと舐めあげた。

「くぅぅ！　だっ、だめぇぇ」

彼女が大きく喘いだ。竜也は舐めながら指を侵入させ、攪拌《かくはん》すると、

「あっ、はあっ、はあっ。ああン……もう、もう入れて……」

塔子がせがんできた。

竜也も同じ気持ちだった。

怒張を右手で下に向け、濡れた女肉をなぞった。狙いをつけて亀頭をヌプッ、
と塔子の膣穴に沈み込ませていく。

「あああぁ！」

塔子が双眸をきつく閉じ合わせたまま、顎を跳ねあげた。

細腰をつかんで、一気に腰を送った。

「ぁあっ、くぅぅぅぅ」

塔子の瞼がうっすらと開き、とろんとした目つきでこちらを見た。

一瞬、痛そうにまた目をつぶった。

「うっ……！」

でもすぐにまた目を開けて、とろけたように宙を見つめながら、

「あんっ……あんっ……」

と、感じ入った声を漏らしている。

(俺のチ×ポを味わってるんだ)

繋がったのだ、という興奮が高まる。

あったかい。もう寒さなどまったく感じなくなった。

塔子の中は熱く滾《たぎ》っていた。

さらに深く突き入れた。

「ああっ……！　すごい、感じる……竜也のおちん×ん、感じる……」

白い喉をさらけ出しながら、塔子は激しく悶えた。

「気持ちいいよ……おばさん、すごく……ああっ」

ズンズンとがむしゃらに腰を振った。

「あ……はあん」

甘い息が竜也の鼻先をくすぐる。

汗か涙かわからないものが彼女の頬に落ちて、彼女を濡らした。

膣襞がからみついてくる。もっと欲しいとせがんでくる。

竜也は塔子の乳房を吸い、背中から尻にかけてじっくりと撫でまわしながら、さらに深く腰を入れた。

そのとき、ふいに先ほどの塔子の言葉が思い出された。

（……そういえば、ひとりだけ、俺の味方がいたよなあ）

高校生のとき、イジメたヤツに大けがをさせてから、誰もが怖いと敬遠する中で、ひとりだけ親身になってくれた教師がいたのを思い出した。

「俺が人に何かを教えるってか、笑えるよ」

塔子はうっすら笑った。

「そう？　案外似合ってると思うけど……あああっ！　いい！」

奥まで突くと、塔子がギュッとしがみついてきた。

膣が男性器を包み込んでくる。

「うわああ、あったけぇ！」

思わず叫ぶと、塔子がクスクスと笑った。

第三章　スカートの中

1

（俺が人にものを教えるなんてなあ……）

竜也は、見えてきた中学校の小さな校舎を見て、懐かしいと思った。

ひとクラス二十人弱、三学年で六十人ほどしかいないらしい。

これくらいの人数だと生徒同士みな顔見知りで、同じ学年の子なんかは小学校からほとんど一緒なので、なんなら兄弟姉妹みたいな関係になる。

アットホームといえば聞こえはいいが、問題もある。

関係が良好ならいいが、いったん崩れるとクラス替えがないから、三年間ずっとわだかまりを抱えたまま学校生活を送らねばならない。

イジメがあれば三年間ずっと繰り返しだ。

一年でリセットはできないのだ。

竜也がイジメに反抗したのは、高校生のときだった。

相手に大けがをさせてしまったけど、今もやったことは後悔していない。もっと早く、中学のときから抵抗すればよかったと思っている。

竜也は分校までの畦道を歩いている。

先週、ここに来たときの猛烈吹雪とは雲泥の差で春先の暖かい陽気だ。ここ一週間でだいぶ雪も溶けて、革ジャンでは暑いくらいである。

三月の終わりに、あの吹雪は異常気象だと思った。

四月に入れば、なにもない海沿いの田舎町も少しは明るくなるだろう。子どもの頃も雪に埋もれた冬の間、春を待ちわびたものだ。

竜也は、駅前の寂れたビジネスホテルにいる。

金は塔子から貸してもらっていた。臨時の職員として体育を教えるということになれば、少しは金が入ってくる。

その金で小さなアパートでも借りて、ほとぼりが醒めるまで待とうかと考えている。

だが、組があきらめるのはいつだろう。

しかしもうそんなことを考えても仕方がないので、とにかくここでおとなしく暮らそうと考えた。

(やっぱスーツでも買えばよかったかなあ)

校長から連絡があって、普段通りの格好でいいと言われた。

革ジャンに茶髪。

いくら正式な面接ではないとはいえ、そんな格好でいいのかと思いつつ、のんびりと歩いている。

ふわわ、と欠伸《あくび》が出た。

このところ、追われている感じがしないから、少しのんびりしすぎているかもしれない。

ねっとりとした潮を含んだ海風を受けつつ、学校内に入ると、校庭の花壇に女性が座っているのが見えた。

(おっ、いい女っ)

近づいてみると、女は、赤や黄色やピンクの色とりどりの花たちの花壇の前にしゃがんでいる。

女はグレーのダウンジャケットの下に、紺色のジャケットを着て、同色のタイトスカートという新人ＯＬみたいな格好をしていた。

地味な格好ではあるが、スカートから伸びている脚はなかなかキレイだ。

（いい脚してるな……）

ストッキングに包まれた健康的な太ももに、すらりとした美しいふくらはぎ、キュッとしまった足首が実に美しい。

彼女は夢中で花を見ていて、こちらに気づかないようで、その佇まいをじっくりと眺められた。

ゆたかな胸のふくらみは服の上からでも、いやらしい丸みを描いている。

さらには、だ。

先ほどよりもタイトスカートがズリあがって、太ももがかなりきわどいところまで露わになっていた。

透過性の強い薄いパンストが、ぬめぬめした光沢を放っている。

もう少し脚を開いてくれたらなあ、と思っていたときだ。

（おっ！）

竜也は唾を呑み込んだ。

わずかにスカートの奥に、ピンク色の布地が見えた気がした。

ピンクのパンティか？

もっと見たいと目を凝らしたときだ。

女が顔を上げて、不審そうな目をする。

「あの……どなたです？」

彼女は立ちあがり、視線を合わせてくる。

（なんだよ、すげえ美人じゃねえかよ……）

黒髪を後ろに結わえて、前髪も切りそろえた野暮ったい髪型だが、そんな髪型などどうでもいいほど顔立ちが整っている。

大きくて形のよいアーモンドアイが特徴的で、目鼻立ちも端正だ。

柔和でおっとりしたお嬢様めいた雰囲気の中にも、芯の強さが時折見え隠れしており、真面目で清楚なマドンナ先生って感じに見える。

（先生？　あ、そうか先生か……）

学校にいてスーツを着ているなら、ほぼ教師は確定だろう。

「あ、あの……聞いてないっすか。今日、校長の面接を受ける森竜也って言います」

「……聞いてますけど、あなたが？」

「そうっす。よろしくっ」

相手が美人だから調子に乗ってみるも、彼女はますます不安になったようだ。

まあ無理もないだろう。

茶髪に革ジャンの男が、子どもに体育を教えようというのだ。

教師としては心配になるのも当然だろう。

「いや、そんな警戒しないでくださいよ、マジだから。ねえ、もしかして先生っすか？　名前は……」

近づくと、

「ま、待ってください」

女は手のひらを目一杯開いて、竜也の前に突き出した。

「動かないで。今、確認取りますから」

そう言って彼女はスマホを取り出し、どこかにかけはじめた。

（いい女だなあ）

ちょっと勝ち気そうなのがまたいい。

ただ真面目で融通がまったく利かなそうなのが、難点か。

まあ教師という自分とは真逆の人生だから、どうにかできるなんてまったく思えない。

(こんな美人な先生だったら、男どもは楽しいだろうな)

ここの子どもたちを羨ましいと妬む。もし自分だったら、毎日パンチラとか狙って盗撮するだろうな。

「はい……はい……え？」

彼女が電話しながら、こちらをちらりと見た。

電話をきってからもまだ訝《いぶか》しんだ顔で、渋々ながら竜也の前に来た。

「茶髪に革ジャンで間違いないって……だけど、信じられません。正式な先生ではないにせよ、学校の関係者が、風紀の乱れを誘発するなんて」

「って、言われても普段通りの格好でって言われたんで」

「そう言われても、スーツとかジャケットとか、もう少しフォーマルな格好で来るのが社会人でしょう？　面接なんですよ」

「はあ、すんません」

面倒だなと頭をかいた。

こういう教師、いたよなあとちょっと懐かしい思いだ。

竜也も中学時代は、実はこういう真面目なタイプだった。勉強して親みたいにはならないと心に決めていた。反面教師ってヤツだ。

学校ではスカートの中を覗こうとしている男子を注意する側だった。だが、その優等生っぷりが鼻についたから、イジメられるきっかけになったと思う。

「とにかく、万が一にでも受かったら、ちゃんと服装を整えてきてください」

「はいはい」

「ハイは一回でいいです」

「はいはいはいはい」

竜也が面倒臭いと連呼すると、彼女はジロリと睨んできた。

ははは、と乾いた笑いでごまかすと、口を尖らせてくる。

やはり可愛い。

「で、先生なんすよね、名前は？」

まだ訝しんだ目をしながらも、女教師は口を開く。

「……白石《しらいし》千佐《ちさ》です。千に、佐藤の佐」

「千佐ちゃん……じゃなかった。白石先生ね。いくつ？」

煙草を取り出して、ライターで火をつけようとすると、すかさず咥えた煙草を取りあげられた。

「校内は禁煙ですっ」

竜也が苦笑すると、千佐は踵《きびす》を返して去っていく。

(おおっ、いいケツっ)

小柄で童顔だから、まだ二十代そこそこかなと思っていた。

だが、タイトスカートがはちきれんばかりの尻の大きさを見ていると、もう少し年齢は上かなと思った。

(あの尻のデカさと熟れっぷりは、二十代後半ってとこか。俺より年上か?)

歩くたび、スカートの中でむにゅ、むにゅ、と尻たぼが揺れているのがなんともエロい。

これは中学生男子には、かなり目の毒だろうと思っていたら、

「キャッ」

と千佐が転んで、雪の上で尻餅をついた。

雪で足を取られたらしい。春先のぬかるんだ雪に足を取られるのは、よくあることだ。

（あれえ？　ここらへんの子じゃないのかな）

地元なら雪の歩き方には慣れているはずだ。慌てて駆け寄った。

「いたた……」

千佐が腰をさすっている。意外とドジなところがあるらしい。ちょっと親近感が湧いた。

「あの、大丈夫っすか」

声をかけると、彼女は恥ずかしそうに見あげてきた。

「靴が……」

「え？」

見れば、シューズが脱げて雪の上に転がっていた。

「なんだ。靴の裏、つるつるじゃないっすか。それは滑るよ」

「……あなたは地元なの？」

「まあね」

竜也はしゃがんで手を伸ばして靴を拾ってやる。

「もう少し凹凸のある靴じゃないとな。長靴とかさ」

振り向いたそのとき……。

千佐は雪に尻をつき、体育座りでしゃがみながら脚を開いたから、スカートの奥のストッキングに包まれたパンティが丸見えになった。

（マドンナ先生のパンモロっ。すげえな、完全に見えたぞ。ピンクか）

いやらしい視線に気づいたらしく、千佐はハッとしてすぐさま脚を閉じた。だがもう、竜也の脳裏にはピンクのパンティが焼きついた。

（今日は千佐ちゃんで抜こう）

邪な考えを持ちながら、手を差し出した。

「ほら、スカートが濡れるだけならいいけど、早くしないとパンティも濡れちゃうよ。ノーパンで授業するのも刺激的だけどさ」

煽ると、千佐は竜也の手をパンっと叩いて、顔を真っ赤にしながら、すたすたと校舎の中に入っていく。

（……こりゃ是が非でも受かりたくなってきた）

なんとかワンチャンないかと考えていたときだ。

「あ、あの……おはようございます」

振り向くと、セーラー服姿の女の子ふたりが立っていた。

「おうっ、おはよう。よろしくな」

竜也がぞんざいに手をあげると、ふたりは「ひっ」と悲鳴をあげて、避けるように逃げていってしまった。

(可愛いなあ、中坊か)

その後ろから、男の生徒たちも走ってきた。

三人組は千佐を見つけると、一目散に向かっていった。

(まあそうだよな。あの先生だったら、俺だって、そうするぜ……ん?)

三人組の後ろについていくように、鞄を四つ持った男の生徒がいた。

「吉川《よしかわ》くん。またジャンケン負けたの?」

千佐が笑うと、三人組の男たちも笑った。

一見すると、じゃれ合っているような平穏な日常に見える。

だが、その昔イジメられていた竜也の目には、不穏な光景に見えたのだった。

2

「じゃあ、採用ね」

「は?」

校長室に行って、校長の美山《みやま》というおばちゃんに会うと、じろじろとこちらを眺めてから、さらりと言われた。

「えっ、いいの？　じゃなかった、いいんすか？」

あっさりしすぎてこっちが不安で訊くと、美山はころころ笑った。

「いいわよ。異動してくるはずの先生が来なくなって、人手不足だったんですもの。新しい先生の代わりに、外部のコーチ、いわゆる部活動指導員として体育を受け持ってください。見たところ体力はありそうね」

「まあ、それくらいしか取り柄がないすから」

「ばっちりよ。それと、塔子ちゃんから聞いてるけど、行くあてがないんでしょう？　宿直室使っていいわよ」

うまくいきすぎて、何か裏があるんじゃないかと訝しんだ。

何せ、塔子からこちらの素性をすべて聞いているはずだし、自分でいうのもなんだが茶髪に革ジャンの風体が、まともに見えるわけがない。

（やっぱりおかしい、何かある）

と思うのだが、どうせコンビニですら働けないのだから、竜也には他に金を稼ぐ手段はない。

「あと、学校にいるんだから、先生たちの朝礼だけは出てくださいね。以上ですけど、質問は？」

ありすぎてよくわからなかったが、とりあえず頭を下げておいた。


東京にいた頃の自分だったら、この姿を笑っていただろう。

竜也はジャージ姿で、二年生の生徒たちに鉄棒を教えていた。一応サポートで他の教師もいるのだが、教えるのは竜也がメインだ。

田舎の子どもたちだから、体育を教えるなんて簡単だろうと思っていたが、昔のイメージとは違ったのに驚いた。

逆あがりくらい全員できると思ったら、半分くらいできないのだ。

どうやら放課後も塾やらゲームやらで、ここらへんの田舎でも、外で遊ぶ子は少なくなったらしい。

時代だと思うが、野山を駆けまわっていた竜也からすると寂しい限りだ。

「だからさあ、こうやって胸でいくんだよ、胸で。胸を棒にくっつけて回ればいいんだよ」

竜也がやってみせると、子どもたちは「おーっ」と言う。

ついでに大車輪もやってみせてやったら「そんなのできません」と普通に否定された。

「とりあえず、補助してやるから。ほら、続けてやれ」

できないヤツには鉄棒の横につき、蹴りあげた脚をつかんで回してやると、大抵の子はコツをつかんでいく。

「はいよ。次っ」

次は女の子だった。

彼女は鉄棒でまわろうとしても、脚が全然あがらなかったので、しかたなしに短パンのお尻を触って回転させてやる。

女の子は鉄棒から降りると、

「せんせー、お尻触った」

とか抜かすので「あほか」と返してやる。

「誰がクソガキのケツなんか触って楽しむかよ。触るんなら、千佐ちゃんとかにするに決まってるだろ」

本音を言うと、生徒たちがざわめいた。

女の子が「さいてー」と軽蔑して、男たちは笑っている。後ろで監視役をしている先生がムッとして睨んできた。

（いっけね。しばらくはおとなしくやろうっと）

竜也は咳払いしてから、

「ほら続けていくぞ……えーと……次は誰だっけ、吉川っ」

呼ぶと、ここに初めて来たときに四つ鞄を持って登校してきた小柄な生徒が前に出た。

（吉川っていうのか……）

この生徒が呼ばれると、ちょっとクラスの空気が緊迫したような気がした。

（やっぱ、イジメかなあ……）

大人に見つかるような派手なことはしていないのだろう。だが、自分もそうだったが、ねちねちと陰湿なのも、かなり応える。

「おーい、早く」

竜也が呼んでも、吉川はおどおどして、なかなか前に出てこなかった。

（なーるほど、典型的なイジメられっ子だな）

たいてい小中学生だと、運動神経が悪くて、シャイな性格のヤツがイジメられる対象になる。あとは真面目すぎて面白くないヤツか。

吉川は前者で、人前に出るのが苦手らしい。子どもたちからするとイラッとするタイプだ。

「ほら」

鉄棒を握らせて回転させようとすると、吉川はちょっと脚をあげただけで、すぐに諦めてしまう。

「先生、できないよ、僕……」

涙目で吉川が訴えてくると、大人の竜也でもムカッとした。

「せんせー」

すると、生徒のひとりが手をあげた。

村上健吾《むらかみけんご》という生徒だ。髪の毛や眉毛もキレイにしていて、田舎の男の子にしては垢抜けている。ちょっと自信家って感じもする。

「せんせー、吉川はそういうの向いてないから。次いこうよ、次」

村上がそう訴えると、体育座りしている連中から、クスクスと忍び笑いが聞こえてくる。

(なーるほど、こいつが首謀者か……？)

一見、友達思いに聞こえたけれど、要は吉川なんかに時間を取るなってことだろう。ここで吉川にやらせないと、ますますクラスで孤立してしまう。

「おいおい。バカなこと言ってんじゃねえよ。向いてるとか向いてないとか、そういうのはねーんだよ。やる気があるかないかだろうが。吉川か。てめー男だろが。やれるところ見せてやれ」

だが焚《た》きつけても、吉川はやろうとしなかった。

だったらと、竜也はしゃがんで吉川と目線を合わせる。

「学校なんか、つまんねえよなあ」

竜也が言うと、吉川は「え？」って顔をした。

まわりもざわついた。

「俺もさあ、学校きらいだったんだよなあ。クソつまんなくてさあ、友達なんかいねえしさ。俺さ、クラスのヤツらにイジメられてたんだよな」

まわりを見たら、うつむいているヤツらがいた。

「で、あるとき、キレてさ。ぶちのめしたら、すかっとしたぜ。とにかく、やってみりゃあいいんだよ。他のヤツの顔色なんか見てないで、好きに生きればいいんだよ」

吉川が違う生物を見るような顔をした。

やばい。介入しすぎたか？　おとなしくしようと思っていたのに。

だが乗りかかった船だ。

吉川のできるところまで、見ててやりたい。

「よーし。ここまで脚があがったら、マックおごってやる」

まわりがまたざわついた。

「せんせー、それ、えこひいきです」

「教師が生徒におごるなんて、いいんですか？」

「絶対怒られるよ、せんせー」

思春期の子どもってのは、どうしてこうもイラつくのだろう。

「うっせーな。おしッ、そうだ。できたヤツは全員、俺のとっておきのエロ動画コレクション見せてやるぜ」

さすがにそれは全員が引いた。

3

「ふざけないでください！」

職員室で、竜也は当然ながら教師たちに怒られていた。

急先鋒は教頭の小山田《おやまだ》である。

「思春期の男の子に、その……ワ、ワイセツな動画を見せるなんて、信じられないっ。前代未聞ですっ！」

「見せてないっすよ。冗談ですよ、冗談」

反論すると、小山田のハゲ頭が真っ赤になった。タコみたいで笑いそうになってしまう。

「冗談でも、見せるとは言ったんでしょう？　同じですっ。あっ、あのねえ、臨時と言っても、あなたは生徒から見れば先生なんですからね。頼みますよ、ホントに。二年生はみな明るくて仲がいいと評判なんですから、へんなことを吹き込まないように」

「ハア？」

思いきり聞き返してしまった。

まわりを見ると、誰も反論しない。ということは、二年は仲良しクラスで通っているわけか、ちょっと笑ってしまう。

千佐も反論はしなかった。

「あの……千佐ちゃん……じゃなかった、白石先生もそう思います？　二年生のクラスって模範的なんすか」

「こら、あなたは説教されているのに……」

教頭が睨んできた。

「まあまあ、教頭。ちょっと待って。ねえ、白石先生。どうなんすかね」

竜也がなだめると、教頭はさらにハゲ頭を真っ赤にしていた。ゆでだこだ。

千佐はきょとんとしていた。

だがすぐに立ちあがって、

「私もそう思います。学級委員長の村上くんが中心となって、よくまとめてくれています。いいクラスですよ、担任の私が言うのもおこがましいけど」

「え？　担任？」

初めて聞いた。

そうか、千佐が担任なのか。

千佐は自分のクラスをかなり信頼しているみたいだった。

「なるほどねえ……」

前を向くと、教頭が爆発していた。

「森先生。いったい何が訊きたいんですっ。いいですか？　もう二度とこういうことを生徒に言わないでください。いくら校長の推薦だからって何をしてもいいってわけじゃないですからね」

教頭は、ちらちらと校長を見ながらいやみったらしく言う。

美山は横で苦笑している。

「まあまあ、教頭先生、それくらいでいいんじゃないですか？　その子はできなかった鉄棒が半分くらいできるようになったんでしょう？　それはよかったじゃないですか。だけどまあ過激な言動は慎んでくださいね、森先生」

美山はニコニコしながら、注意ともいえないような注意をしてきた。

ぬいぐるみのような丸っこいおばちゃんだが、どうも眼鏡の奥の目が笑っていないような気がするのは気のせいだろうか。

4

最初の給料が日割りでもらえたので、塔子に少しでも返済できたのはラッキーだった。

久しぶりにまとまった金が入ったので、さて休みは何をしようかと思ったが、何も思いつかないので、結局パチスロに行くことにした。

昼飯をすませてから買ったばかりのチャリで行ってみると、店は意外に混んでいた。

どうやら新台が入ったらしいが、新しい台は人が多いので、適当な空いた台に座ってみる。

(そういや、スロットするのも久しぶりだな)

久しぶりに打ってみると、どうもうまくいかない。

結局夕方まで粘ったが出る気配すらない。

ふいに煙草を吸おうとすると、そういえば咥えていた煙草を千佐に取られてから、一本も吸っていないことに気がついた。

というか、煙草すら持ってない。置いてきたのだ。

(なんだ。別に煙草がそんなに好きじゃなかったってことか……)

と思いつつも、ないと口が寂しい。

ふいに隣の台の上に煙草があるのが目に入る。同じ銘柄だった。

一本もらえないかなと、ふと横を見ると、ミニスカートから太ももがきわどいところまで見えていた。

もうパンティが見えそうである。

おっ、と思い、女の顔を確かめる。

大きな目がクリッとして、かなり可愛い。金髪のショートヘアが小顔によく似合っている。薄手のTシャツの胸元はいやらしい丸みを描き、パンティの見えそうなミニスカートの太ももは、やけにムッチリしている。

(若そうだけど、なんか身体つきがいやらしいな……)

可愛いのに、妙な色気があるのはなんだろうかと考えてしまう。

「ん？　何？」

女がちらりとこちらを見た。

正面から見ても可愛いので、ドキッとしてしまう。

「あ、いや……俺と同じ銘柄の煙草だからさ。一本めぐんでくれないかと思って」

「いいよ。でもさ、お兄さん見ない顔だね、このへん？」

女がスロットを打ちながら、話しかけてきた。

「えっ？　ああ、まあ、ちょっと知り合いの仕事の手伝いに来てさ……。東京から来た」

臨時で中学校の仕事をしている、というのは警戒されるかなあと、竜也はとっさにウソをついた。

「へえ、東京なんだ。めずらしー。こんな何にもないとこ来て、おもしろくないでしょ」

「いやあ、こんな美人に会えるなら、田舎も悪くない」

女がクスッと笑った。

おっ、いけるかと色めき立ったそのときだ。

女のスロットにリーチがかかった。かなりいい感じだ。連チャンになりそうな勢いである。

「おい、これ確定入ったぞ。目押しすれば、出るぞ」

「え？　あんっ、私、目押しできないんだけど……お兄さんできる？」

「じゃあ、交代しようぜ」

竜也は立ちあがり、女が屈んだ。

（おっ……）

上から覗いたら、Tシャツの緩い襟ぐりから、おっぱいの谷間が見えた。

肌色どころか、白いブラジャーまで見えてしまっている。カップのレース模様まで丸見えだ。意外に清純な純白の下着だったから逆に驚いてしまう。

邪念を振り払いつつ、ポンポンポンとスロットのボタンをリズミカルに押していくと、簡単に7がそろい、たちまち派手な音が鳴り響いてメダルがあふれてきた。

「キャーッ！　すごいっ、で、ど、どうするんだっけ」

無邪気に喜んでいる姿が可愛らしかった。

「ほらっ、レバー引けって」

ドル箱を置いてレバーを引いてやると、ザーッとメダルが落ちてくる。

「すごーい」

座りながらキャッキャッと身体を揺らすから、Tシャツの大きなふくらみが、前後にいやらしく揺れている。

「ねえ、このままでいいの？」

打ちながら訊いてきた。

「いいよ、そのまま打ってりゃ、何回も勝手にそろうから」

結局、五万ほど勝ったらしく、女が戻ってきて悦びながら万札を見せてきた。こっちは一万すってもあたりすら出てこない。

「ありがとう。お兄さんのおかげ。えーっと……」

「竜也っていうんだ」

「私はね、樹里《じゅり》。ねえ、これ少ないけどお礼ね」

と、樹里は一万円札を差し出してきた。

「いや、いいよ。それよりさ、だったら俺と飲みに行かねえ?」

下心丸出しの誘いだったが、樹里は、

「いーよ」

と、あっけらかんと応えたので、竜也は思わず心の中でガッツポーズした。もしかしたら怯えながら逃げている方がモテるのかもしれない。

5

居酒屋で飲んだあと、いい雰囲気になって郊外のラブホテルに行くことになった。

タクシーは樹里が金を出してくれた。

(ラブホかあ。久しぶりだな)

ただデカいベッドがあるだけの部屋でムードも何もないが、それこそが男と女の欲望を満たす空間という感じで、結構好きだ。

「あー、久しぶり……こういうところ」

樹里がベッドに跳び乗って、竜也が考えていたことと同じようなことを口にした。

ゴロゴロとまわっているから、Tシャツの緩い襟ぐりから、おっぱいの谷間がばっちりと見えた。

それにミニスカートはかなりまくれて、太ももの付け根まで見えてしまっている。それどころか、白いパンティまで露出していた。

(たまんねえな……シンママか……)

樹里は旦那と別れて、工事現場の仕事をしながら、ひとり息子を育てていた。いわゆるシングルマザーというやつだ。

そして今日は実家の母親に子どもの面倒を見てもらうことにしたから、久しぶりにフリーらしい。

樹里は自分より八つも年上の三十二歳だった。

かなりの童顔でわからなかったが、色気がにじみ出ていたのは、女盛りの三十路だったからということだ。

しかも子どもはかなり大きいらしい。さらに驚いた。

だが、あんまり子どものことを訊くと母親モードになってしまうから、それ以上深いことは尋ねなかった。

（ホント、いい身体してるよな。子どもを産んだとは思えねえ）

ヒップはキュートに盛りあがっていて、なかなかのボリュームだ。

それにこのギャルママは、尻もいいが乳房の形もいい。

身体のラインが細すぎて、おっぱいがかなり大きく見える。いわゆるスレンダー巨乳だ。

グラビアアイドルのような男好きするグラマー体形であった。

（やべえな、超ラッキーだ）

竜也もベッドに乗って、すぐに樹里を組み敷いた。

「やん、シャワーは？」

樹里が潤んだ目で見つめてくる。欲情をはらんだ目だった。

「せっかくの樹里さんの匂いがもったいねえよ」

へへっ、といやらしく笑いながら、樹里の首筋に鼻先を持っていく。

わずかに女の甘い匂いと、汗の匂いを感じた。アルコールを含んで上気した肌がなんとも柔らかくすべすべしている。

小柄で細身のはずなのに、押しつけられているバストのボリュームのすさまじさに、竜也の股間は一気に硬くなる。

「ああん、エッチね……」

樹里が両手を首に巻きつけてきて、息がかかるほどの距離まで顔を近づけてくる。

近くで見ても、可愛らしかった。

目が大きくて愛らしく、バッチリした派手なメイクをしなくても、元の美しさがよくわかる。

そして可愛いのに、エロい。

最高だと思いつつ顔を近づけると、樹里からも近づけてきて唇を重ねた。

「……うんんっ……んふ……」

薄目を開ければ、可愛らしい童顔のシンママがうっとり目を閉じて、くぐもった声を漏らしながら唇をぶつけてくる。

いいぞ。

完全に欲情しきっている。

柔らかい唇とアルコールを含んだ甘い吐息、ピンクグロスの甘い味、ムンムンと漂う女の濃い色香……。

たまらず樹里の口中に舌を差し入れると、

「んっ！　ンンッ……」

一瞬ビクッとしたものの、樹里は拒まなかった。

それどころか、自分からも舌をからめてきて、ネチャ、ネチャ、という唾液の音をさせつつ、甘美なディープキスをしかけてくる。

アルコールを含んだ唾液が、甘ったるい。

気持ちよくなってきて、さらに樹里の歯茎や頰の粘膜まで舌先でくすぐっていくと、

「ぅんんっ……んふっん……ぅぅん……」

樹里のくぐもった鼻声が、悩ましく官能的なものに変わっていく。

さすが元人妻。感じ方がわかっている。樹里は熱い吐息を漏らしつつ、手を伸

ばしてきて竜也のズボン越しに股間を撫でてくる。

　こちらもキスしながら手を伸ばし、樹里の身体をまさぐった。

　腰が折れそうなほど華奢なのに、尻はすさまじく張りつめていて、思った以上に熟れている。

　硬くなっていた肉棒がさらに硬度を増して、ギンギンになる。

　たまらずTシャツをめくりあげて、白いブラジャーのカップをズリ上げると、ナマおっぱいが目の前で揺れて現れた。

「おおっ、すげえな」

　思わず声に出してしまう。

　それほどまでに、細身の身体に乳房だけが大きい裸体は、インパクトが大きかった。

　さすがに子どもを産んだから、乳首の色はくすんでいるものの、乳首がツンと上を向くおっぱいはなかなかの美乳だ。

「やだもう……エッチな目……」

　樹里が目を細めた。

　期待に満ちた目つきだった。

久しぶりだから、燃えているのだろう。ならばこちらもそれに応えて、ねちっこくいくのがいいだろうと、乳房を揉みしだきつつ、乳首にむしゃぶりついた。

「あはっ……くすぐったいっ……ああんっ、赤ちゃんみたいっ……」

樹里はクスクスと笑うものの、竜也が乳首をちゅぱっ、ちゅぱっ、と音を立てて吸い、そして口の中でねちっこく舌で転がしてやると、

「んっ……やっ……」

と、せつなそうに身をよじりはじめる。

「感じ方がエロいな。たまんねえ」

乳首が感じるんだなと、さらにじゅるると音を立てて乳首を吸引し、甘噛みしてみると、

「ンンンッ！」

樹里は眉根をつらそうに寄せて、ビクッ、ビクッと震えている。

息づかいが荒くなって、小顔を横に振り立てる。

大きな子どもがいるママとは思えない色っぽさと若々しさに、ますます興奮が増して全身を舐め尽くしていく。

元人妻の身体が熱くなってきている。

竜也は夢中になって、ミニスカートの奥に右手を差し入れた。

「あっ……」

樹里がうわずった声を漏らして、いやっ、と顔をそむける。

いやがった理由はすぐにわかった。

パンティの上からでも、樹里の秘部が熱くなっている。

もう濡らしているのを恥じらったのだ。

(へへっ、可愛いところがあるじゃねえかよ)

生意気そうなギャルの見た目とは裏腹に、ちゃんと恥じらいもあるところが燃える。

竜也は樹里のムッチリした太ももを撫で、肉のしなりを楽しみつつ、さらにパンティの上からスリットを指でまさぐった。

「ンッ……ああっ……」

樹里が腰を揺らして、感じ入った声を漏らす。

恥ずかしいのに、もどかしくてたまらないって感じだ。

竜也はニヤつきつつ、樹里の白いパンティに手をかけて、するすると剝き下ろしていく。

「あ、いやっ」

真っ赤になった樹里が激しく身悶えする。

だが、おま×こを丸出しにされても、脚を閉じたり抵抗したりはしなかった。

（……やっぱエロいな、この女……）

脚をさらに大きく開かせ、じっくりと樹里の下腹部を眺めた。

恥毛が薄かった。

さらにワレ目自体が小ぶりで、肉のびらびらがピンク色をしている。つゆがついたようにしっかりと濡れているが、子どもを産んだとは思えないキレイなおま×こをしている。

「すげえな、子どもがいるんだろ？　ここがすれてないというか……」

「いやだ、もう……まじまじと見ないでよっ」

そう言いつつも、下腹部はもじもじしている。触って欲しいのだ。

ならばと濡れたワレ目を指でこすれば、樹里は、

「んっ、んっ……」

と、のけぞりながら甘い声をもらし、薄紅色に染まっていた目尻を妖しく潤ま

せていく。

（色っぽいじゃないか……）

さらにスリットをしつこくなぞると、ぬるっとしたおびただしい量の粘液があふれて、中指を濡らしていく。

熱くて、しっとりした蜜だ。しかも尋常な量ではない。

「へへっ、もうこんなに濡れてるぜ」

いやらしく煽りつつ、ワレ目の下部を中指で探ると小さな穴があった。

指を折り曲げて力を込めると、指はぬぷーっ、と、しとどに漏れた膣の中に嵌まり込んでいく。

「やっ！　んんん……」

樹里はとたんに恥ずかしそうに顔を伏せ、ぶるっと震え出した。進入した指の根元を膣の入り口がキュッと食いしめてくる。

「おおう……子どもを産んだわりに、締まりがよさそうじゃないかよ…」

中はどろどろにとろけている。

竜也がちゃっ、ちゃっ、と水音をさせて、肉路をかき混ぜていくと、

「あ……ん……」

ギャルママは白い喉元をさらし、細い眉をいっそうたわめて、長い睫毛を震わせはじめる。

竜也は入れた指を膣内で鈎状に曲げて、思いきり奥の天井をこすりあげた。

「ンッ……！」

樹里がビクッとして、背中をのけぞらせる。

「気持ちいいんだろ」

クックッと笑うと、樹里が大きな目で睨んでくる。

「いいけど、お兄さんって、見た目通りにSっぽいのね」

「いやなのか、こういうの？」

訊くと、樹里は恥ずかしそうに目の下を赤らめつつも、首を横に振る。

（好きなんだな……Mか……）

だったらと、俄然やる気もみなぎってきた。

ズボンの中が痛いくらいに勃起した。

竜也は中断して服を脱ぎ、パンツも下ろした。

股間で隆々とそりかえっている勃起を、樹里がめざとく見つけて顔を近づけてくる。

何も言わずピンクのグロスを塗ったつやつやした唇で、男のモノを咥え込んできた。

「んふんっ……ううんっ……」

樹里のフェラは情熱的だった。早くも射精したい気持ちが湧いてくる。

それをやり過ごしつつ、お返しとばかりに勃起を口から抜き、樹里をうつ伏せにさせて腰を持ってお尻を大きく突き出させる。

陰部も尻の穴も丸見えの恥辱スタイルだ。惨めな格好にさせたまま、竜也はヒップの奥に顔を寄せて、花びらに口づけをする。

「あっ、だめっ……こんな格好でっ……」

樹里が恥じらいの声を漏らして、尻を振り立てる。

だが、いやいやと言っても、発情のエキスは奥からたらたらとこぼれてくるから説得力なんてまるでない。

新鮮な蜜をすすりつつ、クチュ、クチュ、という蜜の音が響くほど、しつこく舌でワレ目をいじくっていくと、

「あっ、ん……んっ、んっ……はあっ、あっ……」

樹里はいやがる素振りも見せず、いよいよ喘ぎ声を大きくする。

「感じてるんだな」

竜也は舐めながら中指を差し入れ、膣奥のざらざらした部分をこねあげた。

「あっ！　あっ、あっ……アアッ……」

樹里はもうろくに返答もできず、湿った声を漏らしつつも、だめっ、だめっ、と身をよじらせる。

奥がかなり気持ちいいんだろう。

竜也は中指を目一杯伸ばし、Gスポットをざらっ、ざらっと指の腹でこすりあげてやる。

しばらく奥を愛撫していると、

「あんっ……ヤバいかも」

尻を掲げた恥ずかしい格好で、樹里が肩越しに泣き顔を見せてきた。

「何が？」

さらにえぐりながら訊くと、樹里はヒップを揺らし、

「……やだっ……イッちゃいそう……」

金髪ショートヘアの生意気そうなギャルママが、こういうしおらしい態度を取ってくると猛烈に興奮する。

竜也はニヤリ笑い、さらに激しく指をストロークさせる。

「イッちゃうってば……んっ……あぁっ……はっ、ん……！」

いよいよ樹里の腰が妖しくうねり、膣奥からは新鮮な蜜が、ぷしゅっ、と大量にあふれてくる。

挿入した指はもう愛液でべたべただ。しかも離さないとばかりに、膣の入り口がキュッと指を締めてくるのもたまらない。

「イケよ。いいぞ」

竜也が煽ると、樹里は口惜しそうに唇を噛んで睨むものの、すぐにとろんとした目つきで見つめてきて、いやいやと首を振る。

「……だめってば……イク……ッ」

その言葉を吐いた直後だ。

樹里のヒップがブルッと震えた。

「ああ……んっ！」

樹里は尻を大きく掲げたワンワンスタイルのまま、何度も腰をぶるっ、ぶるっと震わせる。

下垂した乳房も揺れ弾み、小刻みに手も足も震えている。

間違いない。アクメに達したのだ。

やがてぐったりした樹里が、そのままベッドに突っ伏した。

樹里はしばらくハアハアと息を乱してから微笑んだ。

「やだもう……久しぶりだから、指でイッちゃった。恥ずかしい……」

「えらい腰がうねってたな。こっちもたまんねえよ」

ぎんぎんとしたモノを右手でこすって誇示すると、樹里はすぐに目を細めて勃起を物欲しげに見るのだった。

6

樹里はTシャツとミニスカを脱ぎ、ブラジャーも外して全裸になってベッドに寝転んだ。

どの体位でしようかと思ったが、バックでイカせたなら今度は正常位だろうと樹里を仰向けに組み敷いた。

(しかし、いい身体してるな……)

抜けるような白い肌。

仰向けでも形の崩れない美乳。

急激に細くなる腰つき。

甘さをたっぷりとふくんだ桃のような、プリッとした尻。

健康的で意外にボリュームある太もも。

(これでママかよ……)

恥ずかしそうに顔をそむけているのもいい。

田舎の人妻ってのは実は放蕩な女ばかりかと勝手に思っていたが、金髪ギャルが恥じらいを忘れないってのはかなりそそる。

とはいっても、パチンコ店で隣り合った男とその日に寝るのだから、その時点で十分に放蕩なのかもしれないが。

「ああ……ちょっと、待って」

挿入しようとして、樹里が手で制した。

「えっ、何だよ?」

ここまできてヤリたくないなんて、マジか……とがっかりしたときだ。

「あのね……久しぶりだから、ちょっと……こういう瞬間、しばらく経験してないから、いいなって……」

樹里の目は潤んでいる。

男に貫かれたい、抱かれたいという欲望がその表情に見え隠れしている。

「なんだよ、すげー可愛いじゃねえか……」

結構な美人なのに、こんな仕草をされたらたまらない。

竜也は鼻息荒く、樹里の両脚を広げさせて、いきり勃ちを正常位で濡れそぼる媚肉に押し当てる。

「いきなり奥までとかやめてね」

樹里が不安そうな顔をのぞかせる。

「わかってる。いくぞ……」

樹里が目をつむる。

右手を添えてぐっと入れると、亀頭が膣穴を広げて、すべるように、ぬるっと呑み込まれていく。

「あ、あうう……！」

樹里が顎を跳ねあげて、大きく背をしならせた。

のけぞったまま、つらそうにギュッと目を閉じて、眉間にシワを寄せた苦悶の表情で、ハアッ、ハアッと喘いでいる。

「大丈夫かよ」

「う、うん……ちょっと……やっぱ久しぶりだから、きつい……」

「俺のはデカいからな」

軽口を叩くと、樹里は苦しそうな表情をしつつも、うっすら笑みをこぼす。

「お兄さん、いい人だね。緊張をやわらげようとしてくれてる」

「え？　ああ、まあな」

本当はそんなつもりもなく、本心だった。

それにしても、いい人だって？

こんなヤクザにもなれない半端もんが、いい人というのは笑ってしまう。会ったばかりの女とセックスしている男が、いい人なわけはない。

それでもまあ気分は悪くなくて、ゆっくり腰を入れていく。

膣内は予想以上に狭かった。

それに肉の襞がなんだか細かいような気がして、メチャクチャ気持ちいい。

「おおう、いいな。樹里さんのおま×こ」

感心しながら、ググッとゆっくり入れる。

「あっ……奥まできちゃうっ……」

樹里が顔をしかめつつ、両腕を首に軽く巻きつけてくる。

「う、動くなら、ゆっくりね」

言われなくても、これはゆっくりしないとだめだと、そっと腰を振った。

「んっ……んっ……あんっ、やだっ、大きいっ」

樹里が目の前で、泣きそうな顔を見せる。

（なんだか、悪いことをしてる気分になるな……）

金髪ショートヘアの似合う童顔ギャルで、しかも反応が初々しいからなんだか犯罪じみた気分になってしまう。

その妙な気持ちが高揚感と背徳感をもたらしてくる。

「あんた、ホントにママかよ。気持ちいいぜ。とろとろで締まりがよくて、うねうねして……」

少しだけ抽送を速くする。

「あっ……んっ……んっ……ホントに決まってるでしょ。あっ……ああんっ……いいっ……！」

狭い蜜壺で愛液がかき混ぜられ、すべりがよくなって、チ×ポをこする快感が増していく。

(たまんねえぞ、これ)

ますます深く腰を入れる。

「ああんっ……き、気持ち……いいっ」

樹里が喘いだ。

ギュッと抱きしめてくる手に、力が込められる。乳房の柔らかな感触とともに甘い匂いが漂ってくる。

こちらからも樹里の背に手をまわして抱擁した。

「あん、そ、それ……」

樹里が抱かれながら、ため息をついた。

「ん?」

竜也が顔を見ると、ギャルママはうっすらと笑みをこぼす。

「……いい……ギュッとされながら奥突かれるの、好きかも……」

素直なギャルママだ。

愛おしすぎた。

愛おしいので、さらに突いた。

「あ……いい、いいっ……あんっ……深くてっ……ああんっ……そ、そこ、そこ好きっ」

樹里はもう恥じらいも忘れて甘い声を漏らし、いよいよ自分から腰を押しつけてきた。

「おう……気持ちいいぞ、それ……」

「わ、私も……あっ、んっ……はあんっ……ああんっ」

「いい声だな、たまんねえや」

甲高い声がエロすぎる。ギュッとしながら、竜也はますます激しく腰を使って奥を穿つ。

「ンンッ……やっ、もう……だって、奥に届くんだもん……あっ、そこ……あっ……あっ……ッ……ああンッ」

声だけじゃない。

せつなげに眉根を寄せて、じっと見つめてきている追いつめられた表情が、男の欲情を誘ってくる。

もっと長く楽しみたいと思ったのに、だめだった。

くびれた腰をがっちり持って、本能的に男根を激しく打ち込んだ。

「あっ、だめっ……いきなりそんなっ……もうだめ……イ、イキそっ……」

樹里は困惑した声をあげて、腰をくねらせる。

　こちらもガマンできなくなってきた。

　それでも必死に唇を噛み、さらに深く腰を埋めていくと、

「うぅんっ……ああっ、ああっ、ああっ……」

　樹里の表情が、いよいよ切羽詰まったものになる。

　竜也は腰を振りつつ、目の前で揺れる大きな乳房を口でとらえ、その先端をチューーッと吸いあげて舌でねろねろと舐めあげる。

「ああっ、ああっ、あああっ……ま、また……私……」

　感じきっているようで、樹里は子どものような声で不安を漏らして竜也の腕をギュッとつかんできた。

「イケそうか？」

　樹里は涙目で、こくこくと頷いた。

「よし、イカせてやるよ」

　と言いつつも、本当は自分が気持ちよくなりたかった。

　竜也は前傾姿勢になって、より深々と結合したまま、したたかに連打を繰り返す。

「あんっ、あんっ……あんっ……あんっ、気持ちいいっ、気持ちいいよぉ……」

樹里がすがるような目をしてこちらを見る。

そして……。

「ああんっ、だめっ……あんっ、また……イクッ、イクッ！」

樹里が顎をそらし、背を弓のようにしならせる。

こちらも限界だった。

「ああ、こっちも出そうだっ」

「あんっ……一緒に、一緒にいこっ……あっ、あっ……」

可愛いことを言うじゃないか。

竜也は金髪ギャルママの切実な顔を覗き込みつつ、追い込むようにスパートをかける。

「あ、だめだ……出るっ」

すると、急に意識が薄くなって爪先がガクガクした。

「あ……あっ……ああんっ……私も……またイクッ、イッちゃううう！」

樹里が大きくのけぞり、ぶるぶるっと震える。

同時に膣がギュッと締められる。

その瞬間に、竜也もしぶかせていた。

（くうう……）

すさまじい快楽に、目の奥がちかちかする。

とんだ拾いもの、というか、間違いなく掘り出しものだ。

田舎も悪くないなと、竜也は恍惚の中で思いつつ、樹里の中に射精するのだった。

第四章　清純女教師

1

「イジメねえ……」

塔子がブラジャーをつけながら、うーん、と難しい顔をした。

艶《なま》めかしい白い背中を見て、やはりいい女だよなと思う。四十二歳にしては、くたびれたところがほとんどない。

ここのところ毎週のように塔子の家に行って、旦那がいないのを見計らっては、こうしてセックスをしていた。

義務ではない。

こちらもヤリたいのだ。

旦那はまだ女と切れていないらしいから、ふたりで夫婦以外の男や女と身体を交わらせているのだが、どうやらそれで夫婦生活はバランスが取れているらしいから罪悪感もない。

「なんだよ、知ってたんか。だから俺を推薦したんか」

竜也は服を着てから、煙草に火をつけようとすると、塔子が睨んできた。

「ちょっと。煙草はやめて。あの人は匂いに敏感だから」

ぴしゃりと言われて、竜也は咥えていた煙草を箱に戻した。

今は学校に住んでいるから、万が一のボヤとかを考えて煙草はほとんど吸っていない。

空気や食べ物のせいかもしれないが、なんかこっちに逃げてきてから、逆に健康になった気がする。

せっかくだからと給食ももらっているのだが、それがいいのかもしれない。

「知らないわよ、イジメなんて。ただ、田舎でもそういうのがあるんだなあって思っただけ」

「あるんだよ、田舎でも。俺もイジメられてたからな」

「そうなの？ そんな風には見えないけど」

「一回キレたら、怖がってもう来なくなったからな。イジメなんて、そんなもんだ」

竜也は服を着ながら言った。

「私はただ、美山さんに誰かいないかって言われて、あなたを紹介しただけよ」

「あのおばちゃんも、イジメのことは知らないんか？」

塔子はセーターを直して、スカートのホックも嵌めてから、

「そうねえ」

と、ちょっと考えた顔をした。

「美山さん、あんな風にころころ笑って人が良さそうだけど、いろいろ考えてるからねえ」

言われて竜也は、美山の笑顔を思い描く。

「あのおばちゃん怖えよ。目の奥が笑ってないっていうかさあ。なんか得体がしれないんだよな」

「そんな風に言わないでよ。いい人よ。あなたのこと気にいったのは間違いなさそうだし」

確かに面接に行ったら、ひと言も喋らないうちから、

「あらいい人そうね」

と言われた。

茶髪のヤンキーみたいな風体を見て、いい人そうと言うのは、どういう神経なんだろうか。

「でも、イジメがあるなんてよくわかったわね。白石先生とか他の先生も、知らなかったんでしょう?」

「ああ。あのクソガキども、大人の前ではいい顔してるからな。特に村上健吾ってヤツが音頭取ってるな、おそらく。ああいう自信満々なヤツが弱いヤツをイジメるんだ」

いやな思い出が蘇ってきて、竜也は一瞬、ギュッと目をつむる。

塔子がクスッと笑った。

「なんだよ」

「妙なところで律儀なんだと思ってね。ヤクザから逃げてるんだから、目立たないようにしていればいいのに」

言われてみればそうだ。

別にイジメから吉川とかいう生徒を助けてやったって、自分の何が変わるわけでもない。

それよりも、佐島の連中に見つからずに生きていく方がよほど大切だ。

だが、どうにも見て見ぬふりができないのは、あの吉川という生徒に自分の生き方を映しているからだろう。

「そうそう、ヤクザといえば……村上開発には気をつけてね。裏の世界って知らないけど、つながってるかもしれないし」

塔子が髪を直しながら言う。

「村上開発？」

「そ。村上都市開発っていう、まあ不動産会社なんだけどね、表向きは。裏では結構あくどい商売やってるって噂よ。立ち退きとかで」

「へえ。あれ、でも村上って」

塔子は難しい顔をした。

「うん……まあ、あんまり悪く言いたくはないけど、さっき言ってた健吾くんのお父さんのところの会社ね。大きい会社よ。実はあの分校も統廃合の話が出ていてね。あそこ、高速道路の予定地にもろかぶりなんだって。潰したいらしいのよね」

「こんな田舎に高速道路かよ」

「利権でしょ。別にいらないと思うけどねえ。で、あの土地は村上さんとこの持ち物だから県に売るかも知れないし……あの分校もピンチってわけ」

「ふーん」

なんだか田舎にもいろいろあるんだなあと、竜也はしみじみ思った。

子どもの頃は単なるのどかな風景だったけど、大人になって見れば、見たくないものも見えてしまう。

のどかな田園も分校も、何かしがらみが見えてくると、とたんに哀しくなってくる。

「母校がなくなるのは寂しいし、活気がなくなるから、なんとか地元の人間は残そうと頑張ってるんだけどねえ。みんなあの学校好きだし」

ふいに千佐の顔が浮かんだ。

彼女はこの分校をえらく気に入っていたはずだから、なくなったら哀しむだろうな。

「ねえ、それよりあなた。女の匂いしない?」

言われてドキッとした。

樹里という、パチンコ屋で出会ったシングルマザー、今風に言うとシンママとホテルに行ったのは昨日だから、匂いなんてするわけがない。

「まさか。それより俺が他の女のところにいったら、よくないのかよ?」

そう言うと塔子は、

「うーん」

と、少し考えてから、

「ちょっと嫉妬するかな」

冗談とも本気ともつかぬ顔で、ウフフと笑った。

2

その日は塔子の家に泊まり、早朝、学校に行くと、黒塗りでガラスにスモークを貼ったメルセデスが停まっていたので、心臓がとまりかけた。

(まさか佐島か……でも、だったらもっと慎重に来るよな)

万が一ということもある。

逃げたいが、荷物はすべて校内の宿直室にある。

ちなみにただで貸してくれるかと思ったら、夜には校内の見まわりをしろと言われているから、体のいい警備員も兼ねているらしい。

(さあて、どうすっかな。とりあえず、今日は逃げるか……)

考えていたときだった。

背後から「森先生」といきなり呼ばれて、ビクッとした。

竜也が振り向くと、千佐がきょとんとした顔をして立っていた。

「な、なんだ。白石先生」

「何をぼうっとしてるんですか。行きましょうよ」

「えっ、い、いや……あ、あの……メルセデス、いや外車って……」

指差すと、千佐は目を細めた。

「村上さんのところのクルマだわ……こんなに早くからまた来てる」

竜也はホッとした。

よかった。佐島のところのメルセデスではないらしい。

(まあ、そうそうここにいるのが、バレるわけはないよな)

するとあの後ろのシルバーのセダンは何だ?

「あのクルマは？」

訊くと千佐は、

「多分……藤木《ふじき》市長のハイヤーだと思う。仲が良いから」

仲が良いから、か。

おそらく組んで金儲けしてるんだろうなと思った。仕事を出す方と受ける方が仲が良いのは、十中八九そういうことだ。

千佐はいやそうな顔をした。

「何むくれてるんすか？」

「別に」

と言いつつも、千佐はいきなりご機嫌斜めだ。

おそらく村上が来ていることに腹を立てているのだろう。分校の立ち退きに関して、やはり千佐は怒っているようだ。

「そんなにこの分校がなくなるのが、いやなんすか？」

歩きながら言うと、千佐がキッと睨んできた。

「やたら滅多なことは言わないでください。この分校はこのまま存続します。誰にも渡しませんから」

「でも仕方ないんじゃないすか、これも時代だし。全国で田舎の学校はどんどん減ってるって」

玄関で靴を脱ぎながら言うと、千佐はまたむくれた。

「わかってます。そんなこと……だけど、やっぱり母校がなくなるのって寂しいじゃないですか」

「母校?」

「私、ここの卒業生なんです。教師って最初は田舎の小さい学校に赴任させられるから、ちょうど偶然ここになって……」

「へえ。なるほどね」

母校か。

だったら固執するのも少しわかる気がする。

よほどいい思い出があるのだろう。

とはいっても、そういう気持ちだけでは、なんともならないのがビジネスであり、ヤクザな世界だ。

金儲けになるなら、自分の子どもがいる学校だろうが、平気でつぶして高く売るだろう。

それは別にヤクザに限った話ではない。

職員室に行き、竜也も教師たちの朝のミーティングに出席した。かったるいが、これだけは出ろと美山に言われているから仕方ない。

「……でありまして、最近隣町の生徒の中で、素行の悪い人間が目立つようになりまして、髪を茶髪にして万引きをしたりする輩が……」

教頭の話に、

(へえ、そんな骨のあるヤツが、こんな田舎にいるのか)

と、思ったのだが、竜也が中学生の頃もヤンキーみたいなのはいたし、竜也も高校時代はかなり荒れていたので、あんまり変わりがないなと納得しながら、煙草に火をつけようとして、あわててやめる。

「そういう落ちこぼれが近くにいるわけでして……そんなクズみたいな生徒たちと、ウチの学校の生徒に接触させないよう、みなさんも注意していただければと思います」

その言葉に、竜也は眉をひそめた。

他校ではあるが、同じ生徒である。

確かにやっていることはクズみたいなものだろうけど、落ちこぼれの竜也としては、自分が見下されているようで虫唾《むしず》が走った。

「なんだよ、クズ、クズって……」

と、ぶつぶつ小さな声で愚痴ると、

「……今日、ここの用地売買の話が来て、教頭カリカリしてるらしいわよ」

と、隣の席に座る教師が小声で教えてくれた。

「ここがなくなると、教頭困るんすか？」

「困るでしょ。統合先の学校に教頭がいたら、格下げだもの。教頭はふたりいらないし」

「ひらに降格ってことっすか」

「そういうことっす。私たちは職場が遠くなるのもいやだしねえ。リストラかもしんないし」

そう言っておばちゃんは、ころころ笑った。

なるほどねえ。

教頭自身の保身のためもあるわけか。

なんだか教師っていうのも、いろいろあって大変だ。

塔子と遅くまでセックスしていたから、まだ眠い。

あくびをしながら、靴から踵を外してぶらぶらさせていると、教頭が睨んできた。

「そこっ。森先生。外部の人だからって関係ないって思ってるんでしょうけど、あなたの職場なんですよ。ちゃんと聞きなさい」

「あー、すいませんっ」

竜也は姿勢を正す。

「まったく……あなた、どこの大学なんですか。そんな身なりと茶髪で……本当なら生徒に示しがつかないっていうのに、まったくもう校長は何を考えているんだか」

今日は校長の美山がいないから、言いたい放題だ。

「俺、高校中退っすよ。それが何か」

竜也が耳をほじりながら言うと、教頭が見下した顔をした。

「中退？　まあ、そうでしょうねえ。都会でリストラに遭って、こんな田舎にやって来るくらいですから」

どうやら相当に虫の居どころが悪いらしい。

まあいいやと、黙って聞いていると、急に千佐が立ちあがった。

「教頭先生。そういうのはレッテル張りです。あまりよろしい言い方ではないかと」

千佐が咎《とが》めたので、竜也は驚いた。

教頭は言われて、バツが悪そうな顔をする。

「まあちょっと言い過ぎましたかね。それにしても白石先生の二年生は、成績どころか素行もいいし、ウチの模範です」

「いえ、そんな……生徒たちがいい子なだけです」

と千佐が謙遜した。

けっ、と竜也は心の中で舌打ちした。

取り繕うばかりがうまい、こしゃくなガキたちだ。個人的にはヤンキーよりもたちが悪いと思う。

「そうでしょう、森先生」

「そうすかねえ」

適当な返事をすると、教頭が歩いて竜也の前まで来た。かなりかっかきてるなあと心の中で思う。

「何がそうすかねえ、なんですか。まったく。隣町のクズみたいな生徒たちとは違いますよ」

あなたみたいな、と続くのかと思った。

教頭が見下しているその顔をグーで殴ったら、かなり気持ちもよさそうだと思ったが、さすがに手は出さなかった。

そのかわりにじろりと睨みつける。

教頭がたじろいだ。

「な、なんですか」

「クズねえ。俺も落ちこぼれでクズだったけどさ。それでも信じてくれる先生はいたぜ。教師がクズクズ言うから、子どもが余計に萎縮するんでしょうよ。他校だろうがなんだろうが、子どものことをクズって決めつけるのはよかあないと思いますけどねえ。生徒を信じるのが教師の仕事でしょう」

すごむと、教頭が真っ赤な頭になった。

「わかったような口を……クズはどこまでいってもクズ……」

「そこまで言うなら……俺には、イジメをしているヤツラの方が、よっぽどクズなヤツだと思いますけどねえ」

「イジメ？　イジメってなんのことです？　この学校で、ですか？」

教頭が聞き返したときにチャイムが鳴った。

竜也は、

「一時間目が体育なんで」

とポケットに手を入れて、そのまま職員室を後にした。

3

屋上は、海風が心地よかった。

教頭が、校内の完全禁煙を徹底したので、屋上でしか煙草を吸えなくなってしまって、昼休み、仕方なくここにきているわけである。

(ええっと、あとは一年の五時間目の体育で今日は終わりか……)

とはいえ、竜也は宿直室に寝泊まりしながら、校内を見て回ったりしているし、備品等も見ておいてくれと言われているから、体育を教える以外にも仕事はたくさんある。

(なんかやっぱりあのババアに、体よく働かされてる気がするなあ)

そう思いつつ、持ってきたござの上で寝そべり、煙草を吹かす。

「あたたた」

風が強くなってきて、煙草の煙が目に染みた。

竜也は海と逆の方を向いて、大きな欠伸をしながら今朝のことを考えていた。

(ムキになることなんて、なかったよなあ……)

イジメのことを口にするつもりはなかった。

ことを荒立てるつもりはない。

波風立てずに佐島の目を盗んで逃げまわっていれば、そのうち向こうも諦めるだろうと思っている。

今、望むのはそれだけだった。

それにしても奇妙だ。

逃亡生活をしているはずなのに、東京にいたときよりも気持ちが落ち着いているのはどういうことだろう。

やはり生まれ育った地元に近い田舎というのは、いやな思い出ばかりでも、気持ちが安らぐんだろうか。

(そういえば、あの先公はどうしてるんだろうな……)

家族も同級生たちも信用できない中、ひとりの教師だけは信じてくれた。

イジメられて反撃し、そこからは荒れに荒れて、教師も生徒も話しかけてこなくなった。

その中で、あの若い教師だけは、

「信じてるからな」

と笑ってくれた。

(なんて言ったけかなあ……ああ、市村《いちむら》だ……)

面白い先生だった。

先生なんかつまらないと公言し、休み時間になると「ガキのおもりはたくさん」だと、ひとりでテニスの壁打ちばかりしていた体育教師だ。

だけど竜也には、

「学校なんか、知らないヤツと一緒にいるだけだ。別に無理に友達なんかつくらなくてもええ」

その言葉で幾分か気が楽になった。

竜也は煙草の灰を落としながら、ひとりで笑った。

まさか自分もその教師みたいなことをしているとは。人間、追いつめられると何が起こるかわからないものである。

教員免許はないし、体育を教えるっていっても指導書マニュアルに沿ったことしかできない。

それでもまあ、何もしないよりは充実感がある。

「森先生」

声をかけられて、また寝返りを打つ。

目の前にすらりとした白い脚があり、見あげればタイトスカートの奥がちらりと見えた。

ナチュラルカラーのパンストに包まれた白いパンティは、匂い立つような清純さだ。

「おうっ……白っ」

思わず声を出してしまうと、

「きゃっ！」

と、千佐がスカートを押さえて、じろりと睨んできた。

「いや、待てって。これは不可抗力……」

「まったくもう……信じられない」

と怒りつつ、千佐は隣に来て座った。

「な、なんすか……屋上だけは煙草はいいって……」

「今朝の件です」

千佐が真顔でこちらを向いた。

「なんだっけ、立ち退きの話？」

「違います。あの……隣の学校の生徒を、クズって……教頭先生が」

「ああ……」

竜也は、ふうっと煙草の煙を吐いた。

一応は千佐にかからないように、反対を向いてみた。それぐらいの配慮というものはできる。

「あれ……あなたの言葉……私もそうだって思った。どんなときでも生徒を信じてあげなきゃだめだって。不良だからダメって思う先入観は、私にもあったんだなあって」

千佐がため息をつく。

「そのとき、私……自分のクラスの生徒たちがいい子でよかったなあと思っちゃったのよ。だめね。教師になるときは誰ひとり差別しないようにって思ったのに……あなたみたいな人に教えられるなんてね」

こちらを向いてニコッとした顔が、アイドルみたいに可愛くて、恥ずかしながらキュンとしてしまった。

融通の利かないカタブツだが、やはり可愛いものは可愛いと、竜也は柄にもなく照れてしまう。

「いやあ、クズはクズっすよ」

照れ隠しに竜也が言うと、千佐は「えっ」という顔をした。

「俺も、落ちこぼれだったからわかるけどさあ。だめなヤツは、ホントだめよ。でもさあ、そういうヤツらの方が可愛いんだよな、バカはバカなりに一生懸命だから。俺は陰湿なイジメとかの方がいやなんだよなあ。ほら、女も明るいスケベの方が好きじゃん？」

同意を求めると、千佐は顔を赤くした。

「明るくても暗くても、エッチな人は、私は好きじゃありません。それより、イジメって……ウチのクラス、二年生のことですか？」

竜也は「おっ」と思い、煙草を灰皿代わりの缶の上に置いて、千佐を見た。

「そう言うってことは、何か感じたことあったんすか？」

「……ウチのクラスに吉川くんって子がいるんです。その子が……見ている分にはクラスの友達とも仲が良さそうにしてるんだけど……何か妙に居心地が悪そうにしている気がして」

「なんだ。知ってるんじゃん」

竜也は再び煙草に手を伸ばす。

「でも、確証はないんです」

千佐が不安げに言う。

「調べりゃそんなのわかるよ。村上ってヤツが首謀者だ。身体的なイジメはしてないみたいだけど、見下してバカにしてる感じだなあ、あれは……ん?」

ふいに気づくと、千佐が不思議そうな顔でこちらを見つめていた。

「どうして、こんな短期間で、そんなことわかるんですか?」

「わかるよ、だって……俺も子どもの頃は、あの吉川って生徒と同じようにイジメられてたからさ」

そのときだ。

中庭の方から騒ぐ声がした。

立ちあがって、屋上の柵から下を見れば、ちょうど二年生たちが昼休みにドッジボールをしている。

見れば、吉川が集中的にぶつけられている。

「おっせーよ」

「これくらいよけろよ」

二年の男子生徒たちがケラケラと笑っている。

「どうよ、あれ見て」

竜也は隣に来た千佐に尋ねた。

「あれは、その……じゃれ合っているような……」

「ホントにそう見える？　なあ、千佐ちゃんさあ。あの吉川ってやつが学校で笑ってるの、見たことある？」

そう言うと、千佐は黙ってしまった。

4

「まったく、かったりなあ……」

竜也はテレビを消して、大きなあくびをした。

もうすぐ夜の十時だ。そろそろ校舎の見回りをしなければならないと、懐中電灯を取りにいく。

しかし、毎回思うがいやな仕事だ。

というのも、夜の校舎というのはかなり不気味だからである。

別に心霊の類いを信じているわけではないのだが、古い学校にひとりでいるのは薄気味悪いことに間違いない。

適当に見まわったことにすればいいのだが、どうも竜也は適当にできない性分であった。

(さっさと終わらせるか)

頭をかきながら、宿直室の引き戸を開けたときだ。

ぼうっと人が立っていた。

「のわっ!」

思わず飛び退いてじっと見ると、例の二年の吉川だった。

「へ? な、なんだよ……脅かすなよ。というか、なんでこんな時間にいるんだよ」

訊いても、吉川は涙を浮かべて立ったままだ。

「まあとにかく入れよ。ったく……」

宿直室に吉川を入れて、安物のソファに座らせる。

吉川は縮こまったままで何もしゃべろうとはしなかった。

「まいったな……なあ、何があったんだよ。親と喧嘩したんか？」

吉川は首を横に振るだけだった。

「はあ……なあ、俺、見回りしてくっから。そしたら喋るか、けーるか、どっちかにしろよ、マジで」

竜也はそう言って宿直室を出て校舎を回っていく。

「面倒見ることあ、ねえよなあ……」

すぐさま竜也は千佐のＬＩＮＥにメッセージを入れる。

一応教師同士も、ＬＩＮＥや電話番号を交換している。吉川が来ていることを告げると、すぐに返信があり、

「すぐにそっちに向かう」

と書いてあった。

（あとは、千佐にまかせればいいな）

そう思って、分校内をぐるっとひと回りしてから戻ってみると、信じられないことにすでに千佐がやってきていた。

パジャマにジャケットを羽織っただけの格好で、しかもすっぴんである。

だが化粧していなくても、十分に可愛いから驚いた。

「まだ連絡してから十分っすよ」

「クルマで五分のところですから。ねえ、吉川くん。どうしたの？」

吉川は泣き顔をあげると、こちらを睨んできた。

「どうして、千佐先生を呼んだんだよ……」

消え入りそうな声で文句を言う。

「しゃーねえだろ。俺はなあ、厳密には先生じゃねーんだよ。教員免許とかねーしさあ」

「……帰りたくない……」

言うと、吉川はまたうつむいてしまった。

「あー？」

竜也が身を乗り出してすごむと、千佐が吉川の隣に座った。

薄いパジャマだから、乳房の形がよくわかる。やはりいいおっぱいしてるなあと思った。

「ねえ、どうしたの？　吉川くん」

千佐は必死になって話を聞き出そうとしている。

(そんな訊き方じゃ無理だろ)

千佐には落ちこぼれの気持ちはわからないだろうけど、真面目でいい先生だなあと素直に感じた。

「なあ、千佐ちゃんにちゃんと言ってみろよ、吉川。イジメられてんだろ、おまえさあ」

煙草に火をつけようとしたら、千佐に睨まれたので、咥えるだけにした。

吉川がようやく顔をあげる。

「イジメなんて……されてないよ」

「ウソつけ。わかるんだよ。前に言っただろうが。おりゃあよお、子どものころにイジメられてたからよお」

吉川がじっとこちらを見てきた。

「先生。それ、ウソでしょ。全然そんな風に見えないよ」

「今はな。でもよ、そんときはおまえみてえに、どうせ僕なんてって思ってひきこもってたんだぜ。でもな、このまま亀みたいに生きてっていいのかって思ってさ。イジメてるヤツの方が堂々としてるって可笑しいだろう？　それにひとりだけ先公が味方してくれてさ。だからヤッてやったんだ。すっとしたぜ」

竜也の言葉に、吉川は複雑な表情を浮かべている。

「じゃあ、先生は味方してくれる？」

「あ？」

咥え煙草で、竜也は返答した。

「してやるよ。だけどな、最終的にやるのはてめーよ。けじめつけるのは結局自分じゃねえと、またどっかでイジメられるんだ。男になるんだよ」

強い口調で言うと、吉川は少し考えているようだった。

「私も味方する……だから、何があったか話して」

千佐の言葉に、吉川はぽつりと言い出した。

「……ＬＩＮＥで……クラスみんなで僕の悪口言い合ってる。すごい盛りあがるから楽しいって」

「そ、それ、ホント？」

千佐が訊く。

吉川が頷くと、千佐は呆然としていた。

無理はない。今まで優秀でいい子たちだと思っていたんだろうから。だけど中学二年は立派な大人だ。こっちが思うほど純でもないし、素直じゃない。

「ね、ねえ……もう少し詳しく話を聞かせて」

千佐は顔面蒼白だった。

長くなりそうだなと、竜也はスマホを取り出してゲームをはじめた。

ここのところハマっているシューティングゲームだ。

ぴこぴこと音がしたら千佐に睨まれたので、音を消してスタートする。

「……先生、それ『フォトラン』じゃないの？」

吉川が言った。

「おまえやってんか？」

「うん」

「マジ？　俺さ、ここがどうしても苦手でさ」

「ちょっと見せて」

いきなり吉川が生き生きとしはじめたので、驚いた。どうやらかなりのゲーム好きらしい。

渡してみると、あっという間に敵を倒してしまった。

「……うっめーな、おまえ」

「だってキングだもん」

「なあにい！」

「なんですか、その『フォトラン』とかキングって」

千佐がきょとんとした顔をした。

「あん？　知らねえの？　すげえ流行ってるんだよ」

といっても、竜也も適当に遊んでいるだけで、説明ができない。

「ネットで知らない人同士が、ゲームの中で撃ち合うんです。『フォートランド』は今や、世界で三億人くらいやってるって」

吉川が竜也の代わりに説明する。目を輝かせながら、すらすらと喋る様はまるで別人だ。

竜也も千佐も呆気にとられていた。

吉川がゲームしながら続ける。

「で、プロも海外には何万人もいて、世界大会になると優勝賞金が十億円とかになるんです」

「ええ？　十億？」

千佐が驚いた声を出す。

「聞いたことあるな。おまえ、キングだったら、もしかしたらいけるんじゃねーのかよ？」

「で、その……キングって何なんですか？」

千佐が画面を覗き込んできた。

さすがに十億円と聞いて、少しは興味が湧いたらしい。

「キングは、ある一定の強い人だけがなれるランク。世界で千人ぐらいかな」

吉川が自信満々に言う。

竜也は打算が働いた。

「すげえな、おまえ。なあ、大会出ようぜ！　よーし、十億稼ぐぞ！」

「え……無理だよ、僕なんて。海外には僕より上手い人なんかたくさんいるし」

「ばかやろう。やる前からあきらめんなよ。よし、ゲーム機買うから、ここで特訓しろ。スマホの画面じゃ無理だろ」

「ウチにあるの持ってこようか？」

「おっ、いいのか。じゃあ、決めた。そうしよう」

「ちょっと……森先生……そんなゲームなんて……」

千佐は不満を言いかけたが、吉川が楽しそうにしているのを見て、この場では言わないことにしようと思ったのか、口をつぐんだ。

5

四月の夜風はまだ冷たかった。

千佐のクルマで家まで送るからと言ったのだが、吉川が「歩きたい」と言い出したので、三人で田んぼの畦道を歩いていた。

吉川は少し前の方を歩いて、ときどき道ばたの草を抜いて風に飛ばしたりして上機嫌そうだ。

おそらく今まで、認められたことがないんだろうなと思った。たとえゲームでも褒められればうれしいものだ。

千佐は、そんな吉川をうれしそうに見つめている。

(やっぱ可愛いなあ、この子……)

ほぼ、すっぴん。

格好もパジャマである。

それなのに、東京でナンパする女たちより、断然可愛らしかった。

元々の目鼻立ちが端正で、肌艶もバツグンなのだ。

東京にいたら、真っ先に声をかけるか、それともあまりに純粋無垢すぎて、声をかけるのをためらったかもしれない。

「なんですか？」

千佐が急にこちらを向いたので、思わず照れた。

「別に……それより、さっきゲームなんてって言いかけたっしょ。どうして言わなかったんすか？」

千佐はまた吉川の方を見て、言った。

「……昼間、あなたが言ったじゃないですか。吉川くんの笑顔を見たことあるのかって。ずっとそれを考えていたんです。さっきの笑顔……私、見たことなかった。それがたとえゲームだって」

そこまで話して、千佐は息をついた。

「私、今の二年生のクラスって、一年生のときも担任だったんです。一年以上見てきたのに、何も知らなかったんだなって……哀しくて、ゲームが悪いなんて言える立場じゃないし」

「どうすかね。ゲームのプロって、今は多いんでしょ？　やってみてもいいんじゃないかなあ。うまくいかなそうだったら、俺たち大人がフォローしてやればいいし」

「森せんせー！」

吉川が叫んだ。

「あんなー、俺は厳密には先生じゃないって言っただろ」

「せんせーは、なんでせんせーになんないの？」

「は？　俺が先公？」

千佐を見ると彼女も頷いていた。

「なれるかよ！　俺はなあ、自慢じゃねえけど頭わりーいんだよ。教員試験なんか受かるわけがねーだろ」

「でも先生、さっきやってみなきゃわかんねえって、僕に言ったよ。なってよ、先生に」

「はあ？」

吉川がそれだけ言って走っていく。

「はは、俺が先生だって……」

「いいんじゃないですか？」

千佐が真面目な顔をして言うので、竜也は「へ？」と困った表情を見せる。

「いいと思いますよ。高校卒業してなくても、教員免許が取れる資格だってありますから。いい先生になりそう」

「ははっ、俺、ホントはさ……東京でチンピラみたいなことしてたんよ。暴力団から杯受けてさ。そんなヤツが……」

正直に言うと、千佐が少し難しそうな顔をした。

だがすぐに笑顔になり、

「過去はどうでもいいです。やってみたいと思いません？　私、応援します」

千佐が顔を赤くしたので、竜也は「おっ」と思った。

ストレートな黒髪は、さらさらと風になびき、甘い匂いを漂わせている。

「千佐ちゃんが手伝ってくれるなら、いいかな」

「手伝いますよっ、もちろん」

「え？　手取り足取りだぜ。千佐ちゃんの家でさあ……」

ニヒヒといやらしく笑うと、千佐は、

「もう……いつもそういうことばっかり……」

と、頬をふくらませ、怒って顔をそむけるも、以前のように汚らわしいという目で見てこなかったので驚いた。

（おいおい、いい雰囲気じゃないか？）

そう思ったら、身体が熱くなってきた。

ナンパしたことは数知れず、先日のような可愛いシングルマザーや、塔子のような欲求不満の人妻とも、うまくヤレている。

だが、こうした真面目一辺倒の清純派の女は初めてだ。

どうやってここからセックスに持ち込んでいいかが、まるでわからなくて竜也は困惑した。

歩いていると右手の小指が、千佐の指に触れた。

それだけで彼女はビクッとして、ちらりとこちらを恥ずかしそうに見る。

（経験ないんだろうな……）

さて、どうしたらいいかといろいろ考えたあげく、ギュッと手を握ってみた。

（やべえな、中学生かよ……俺……どうしたらいいんだよ）

と、思ったのだが意外に効いたらしく、千佐は吉川がこちらを向いてないことを確認してから、握り返してきた。

これはいけると思った。

そのまましばらく手を握って歩いていると、アパートが見えてきて、千佐は慌てて手を引っ込めた。

「あそこが吉川くんの家なんです。お父さんはいなくて、お母さんがずっと働いていて……」

「へえ」

少し千佐が気の毒そうな表情をしたのが気になったが、まあ裕福な家庭の千佐には可哀想に見えるんだろう。

別にシングルマザーは珍しくない。

だったら、飲んだくれの父のいたウチの方が、よほど可哀想だと思う。

アパートの二階に上がり、吉川が玄関のチャイムを鳴らす。

事前に千佐が、吉川の母親に連絡しておいたから、まあそんなに怒られることはないだろうと思って見ているとドアが開き、女が顔を出した。

「すみません先生。聡《さとし》がご迷惑かけて……あっ」

出てきたのが樹里だったから、竜也は卒倒した。

「あ、あれ？ あんた……ホテルの……」

樹里が思わず口走ったので、竜也は慌てた。

「ははっ、なんのことですかね。あ、あの……僕は吉川くんの……その、学校の臨時の体育教師で、はは」

取り繕っても遅かった。

「あの……おふたりはお知り合いなんですか？」

千佐が思いきり訝しんだ顔を見せていた。

「え？　いや、パチスロで隣り合っただけっすよ」

必死に言い訳する。

「そ、そうなんですよ。あのときの人がまさか先生だったなんて、ねえ……」

樹里も合わせてくれたようだ。

「いや、僕は正式には先生じゃないんですけどね、あはは」

白々しい会話の間、千佐がずっと睨んでいた。

それにしてもなんという偶然か。

ナンパしたのが、吉川の母親だったとは……。

しかし、金髪のギャルに中学生の息子がいるなんてなあ。

第五章　Mっぽい人妻

1

（いや、まいったな……）

竜也は宿直室で煙草をふかしながら、千佐のことを考えていた。

吉川の家に行くまでは、間違いなくいいムードだった。

いきなりラブホに誘ったりしなければ、きちんと手順を踏んで確実にヤレるだろうと期待していた。

ところがだ。

まさか、出てきた吉川の母親が、先日寝た相手だったとは……。

青天の霹靂、というやつである。

樹里はシングルマザーで、大きな息子がいると言っていたが、あの可愛らしいギャルの風貌で、中学生の息子とはさすがに思わないではないか。

樹里は三十二歳だから、十八歳のときに産んだらしい。

せめて名字を訊いていたらなあ、と思うのだが、名字が「吉川」だからといってヤラないかといえば、そんなこともない。

千佐は吉川の家からの帰り、竜也と樹里の関係を怪しんでいた。

やはり樹里が「ホテル」と口走ったことで、千佐はどうも何かあるとピンときたようだ。それまでのいいムードとは全然違うものになってしまった。

(いいじゃないかよなあ……別に不倫でもないし……)

確かに身体を重ねたけれど、それはあの一回限りだ。

お互い、いい大人なんだから、後腐れない関係もできる。千佐にどうこう言われる筋合いもない。

(嫉妬……してんのかな、もしかして……)

女心などよくわからないが、あの態度はそうとしか思えない。

だとすると面倒くさいなあと思いつつも、煙草の灰を空き缶に落とす。宿直室は禁煙と言われていたが、そんなものはくそくらえだ。

にしてもだ。

仮に千佐と寝ることができたとしても、そのあとはどうするんだろう。

真面目に付き合ったりすればいいのか？

結婚を前提にとか、言えばいいのか？

お付き合い？　結婚？　なんだかどれもこれも、自分の今までの生活とはかけ離れすぎていて、想像すらわかなかった。

（どっちかっていたら、吉川のかーちゃんの方が似合いだよなあ）

なんだか田舎は女運がいいな。

というよりも、くすぶっている女が多いのか。色恋沙汰は都会よりもいろいろ多そうだ。

ニヤついていたところでスマホが鳴った。

表示窓に「本間」と出たので、一気に緊張感が走る。

出ていいものか。まさか電波の受信先を探るなんてことまではしないだろう。

考えた末に、電話に出ることにした。

「……もしもし」

「タツか？」

「ああ」

組員たちが聞いているのだろうか？

わからないから、迂闊なことは言えない。

「手短に言うぞ。ウチの組が増員して、おまえを探してる。気をつけろよ」

「マジか」

本間から電話が来たのは「佐島がおまえのことをあきらめた」という一縷《いちる》の望みだったのだが、ヤクザはやはり思った以上に執念深いらしい。

「わかった」

それだけ言って、電話を切ろうとしたときだ。

「なあ、タツ……おまえ、出てこないか？」

本間から心配そうな声が聞こえてきて、もう一度スマホを耳に当てる。

「どこにいるか知らねえけど、びくびくして生きててもしょうがねえだろ。理不尽だと思うだろうけど、てめえはそういう世界に足を踏み入れちまったんだ。もう抜けられねえんだよ。あきらめて何年かぶちこまれてりゃあ、そのあとは立派な組員よ。おめえは弱っちいけど、商売っ気があるし、顔もいいからシノギもできるだろ」

本間の本心だろうか。

それとも言わされているのか。

いかん、疑心暗鬼になっている。

《もう抜けられねえんだよ》

本間の言葉が頭に残る。

そうなのか？

俺はもう闇から抜けられないのか？

「おい、聞いてんのか。おまえは裏の世界でしか生きらんねえだろうが」

「わからねえだろ、そんなこと」

竜也は強い口調で返した。

「裏の世界でなくとも、俺は生きてられる。いや、今からだって、まっとうにだってなれる」

「おまえ、どうしちゃったんだよ。へんなクスリとかやってねえだろな」

本間があきれた声を出した。

「裏の世界の人間が足を洗ったって、ほとんどが戻ってくるんだぜ。一度はまったら抜けられねえ。風俗嬢と一緒なんだよ。まじめな仕事しようとしても、どうしても風俗に戻ってきちまう。習性だな」

「うるせえよ。わかったような口をきくな」

竜也はスマホのボタンを押して電話を切った。

なんでだろうと思った。

ここに来るまで、裏の社会以外で生きることなんか考えたことすらなかった。

先生のまねごとなんかして、ヤキがまわったのだろうか。

それとも生まれ故郷に近い田舎に戻ってきて、やり直したいと思っているのか。

(できるわけねえよ。本間の言うとおりだ。俺は裏社会しか知らねえんだから)

宿直室から窓の外を眺める。

真っ暗でほとんど明かりなんて見えないけど、その分、静かだった。クルマの音も聞こえない。

2

「ふわああ」

珍しく、いろいろ考えたから眠りが浅かった。

体育は三時間目なので、それまで屋上で煙草でも吸ってようかと、校舎の外階段に向かっていたときだった。

(ん?)

外階段の下で、男子生徒ふたりがこっそりとしゃがんでいる。

日陰になっているから、黒い制服は目立たないが、スマホを持ってきょろきょろしている姿に竜也はピンときた。

上を見れば、千佐が階段を昇っている。タイトスカートは膝丈だが、真下から覗けばスカートの中も見えてしまうだろう。

千佐が扉を開けて、二階に入っていったときだ。

「おーい、おまえら」

声をかけると、ふたりが慌てて逃げようとしたので、ひとりの男子生徒の肩をつかんで引き寄せると、二年の男子生徒だった。

「な、なんですか……」

おどおどして今にも泣きそうな態度だ。

これは確実に覗いていたなと、竜也は微笑ましい気持ちになる。

「なんですか？　じゃねえよ。見せろよ、スマホ」

もうひとりの生徒も戻ってきて、顔を見合わせている。

「早くしろよ」

竜也がすごむと、ふたりはおずおずとスマホの画面を見せてきた。

再生ボタンを押すと、タイトスカートを穿いた女性が階段をあがっているのが写っていた。間違いない、千佐だ。

（おっ！）

斜め下からの撮影で、ちらりとスカートの中が見えていた。

ナチュラルカラーのパンティストッキングに包まれたパンティは、やはり清純そうな白だった。

「おい、ここっていつもこんな風に見えるのか？」

訊くとふたりは黙って頷いた。

動画の中の千佐は下から覗かれているとも知らずに、階段をゆっくりと昇っていく。

パンティが見えたのはほんの数秒だ。

それでも可愛い女教師のパンティならば、十分にいやらしいオカズであった。

「てめえらさあ……」

竜也が眉間にシワを寄せると、生徒たちは肩を震わせはじめた。

ちょいちょいと屈めと手で合図すると、ふたりは逃げるでもなく素直にしたがってくる。

「おい、コピーしろ、コピー」

「は？」

意外なことを言われたようで、ふたりはまた顔を見合わせた。

「簡単だろ。それで、俺のスマホに送ってくれ。ネットで動画圧縮ってあるから、送れるだろう？　そしたらこのことを黙っててやる」

「え？　い、いいの？」

「だましてない？」

ふたりが驚いた声を出す。

「その代わり、高画質だぞ。つーかさあ、こんなんじゃなくて、もっとやべーの見たかったら俺んとこ来いよ。スマホにずっと保存してんだからさあ」

竜也は生徒たちの肩を抱いて、声を潜める。

「……無修正、見てえだろ」

生徒たちの目が大きくなった。

やはり身体は大きくてもまだ十四歳。今はネットでいくらでもヌードは拝めるが、さすがに無修正は興味があるらしい。

「どうなんだよ」

ふたりはまた、ちらりとお互いを見てから、

「み、見たいよ。でも、いいの？　先生がこんな……」

「あんな。俺は先生じゃないって言っただろ。というか俺が先生でも見せるけどな。性教育は早い時期からの方がいいから。避妊の仕方とか、なあ」

生徒たちがちょっと前屈みになった。

無理もない。自分も子どものころは辞書でエッチな言葉を見ただけで、興奮してしまったのである。

「じゃな。コピー頼むからな」

去ろうとすると、ふたりがきょとんとした顔をした。

「先生、ホントに怒らないの？　没収するとか」

生徒のひとりが不思議そうな顔をする。

「没収なんかしねえよ。せいぜいそれでかきまくればいいじゃねえか。それより

てめえら、勉強もしろよ。抜くときはオナホとか使うなよ。アレ、あんまりやりすぎると、モノホンのおま×こでイカなくなるからな」

いいこと言ったなあと思っていたが、ふたりが顔を引きつらせているところを見ると、ちょっと過激すぎたらしい。

屋上で煙草を吸ってから、体育の時間になって校庭に出た。

ちょうど二年生のクラスで、先ほど階段からスカートを覗いていた生徒たちがいたので、

「早く頼むぞ」

と、言うと「わかりましたよ」と笑っていたので、首根っこをつかんで耳打ちした。

「いーか、てめえ。絶対につかまんじゃねーぞ。つかまっても、俺のことはチクるんじゃねえぞ」

うんうんと頷いている。

素直なヤツらである。

よしよしと肩を叩くと、ひとりが笑った。

「先生、今度もっとすごいの見せるよ。珍しく白石先生が白以外を穿いてるヤ

ッ」

「何ぃ……ていうか、てめえ、そんなに何回も見てるんかよ」

ふたりは、へへへと笑っている。

「ったく……まあ、いいや。おーい、並べ」

ぴっ、とホイッスルを吹くと全員が集まった。

「準備運動な。校庭とりあえず、十周ぐらい走っとけ」

「えー」

と、非難しながらも生徒たちは走っていく。

「森先生」

振り向くと、千佐がいた。先ほど白パンチラを見てしまったから、少し罪悪感で顔が火照る。

「今日の監視役は、白石先生っすか」

「ええ……それよりも、今……森先生、いつの間に生徒とあんなに仲良くなったんですか？」

「は？」

なんだったかと考えていると、

「今、星野《ほしの》くんと荒川《あらかわ》くんと、肩なんか組んで楽しそうに」

「あーっ、あれね。ちょっといろいろね」

あなたのパンチラ動画をコピーしてもらうんですよ、なんて口が裂けても言えるわけがない。

「おい、てめーら。もっとちゃんと走れ、なあっ」

話題をそらそうと怒鳴ったら、千佐がクスクス笑った。

竜也は口を尖らせる。

「なんすか。これでも一生懸命やってるんすけどね」

「……違うんです。なんだかちゃんとした先生みたくなってきたなあって。最初はでたらめで適当な人だと思ってたけど、でも、吉川くんとか、さっきのふたりとか見てたら、友達みたいな感覚で付き合うのもいいのかなあって」

千佐が眩しそうに生徒たちを見ている。

「俺は精神年齢低いっすから。中坊くらいがちょうどいいんじゃないすかねえ」

千佐がまた笑った。

「精神年齢はわかんないけど、でも森先生みたいな先生がいたら、学校も楽しかったかなあって思えて」

本心から言っているようだった。

どうやら昨日の樹里との関係は、なんとかごまかせたらしいなと安堵する。

「先生ねえ……ここでやれたらいいけどね」

「そうですね。でも、いつまでこの分校があるか……」

千佐が寂しそうに応えた。

よほどこの分校に思い入れがあるらしいと感じる。

「そうっすねえ……いつまで、か」

大丈夫ですよ、と言ってやりたいが、さすがに土地を持っているのが不動産屋なら分が悪い。

この前より千佐が弱気になっているところを見ると、用地売買の話はかなり進んでいるんだろう。

「せんせー、終わったよ」

生徒が手をあげた。みながハアハアと息を弾ませている。

「じゃあ、このまま逆あがりの検定な」

生徒たちから、

「えー」

と、非難があがる。

「ばっかやろう。疲れて握力がないときにできるようになるのがモノホンだろうがよ。いいからほら、準備しろよ」

鉄棒の下にマットを敷かせて、出席の番号である名字が若い順にテストしていく。

さすがに田舎の中学生たちだ。

この前まではできなかったのが大半だったはずなのに、今はほとんどの子ができるようになっていた。できないのは女子数人だけ。男子は全員できている。

「次は……最後は吉川か」

吉川は自信なさそうに立ちあがる。

鉄棒を握っても、じっとしていてなかなか動けないようだった。

「あーあ、男子全員できると思ったのになあ」

待っている誰かが口を開いた。

「せんせー、もういいって。吉川が可哀想だろ。いいんだよ、できなくったって、なあ」

村上が言うと、他の生徒も、

「そうだよー」

と、口々に言いはじめる。

「うっせえんだよ、てめえら」

一喝すると、非難がぴたりとやんだ。

「何が可哀想だ。できないってまた馬鹿にするんだろうが、クラスのＬＩＮＥでよお。そうだよな、馬鹿にするヤツがいるとラクだよな」

生徒たちが困惑した顔をしている。

「森先生。そんな言い方……村上くんは真面目に心配して……」

千佐が言い出したのを、竜也は、

「吉川が勇気出して見せてくれたんっすよ、クラスのＬＩＮＥ。けっこうきつい内容でしたよ。ザ、イジメって感じでね。そうだろ、てめえら」

竜也の言葉に、生徒たちが動揺した顔を見せた。

「吉川、言えるか？」

竜也が訊くと、強張ってた吉川が小さく頷いて、みなの方を向いた。

やがて小さい声で話しはじめる。

「ぼ、僕は……人前で話せないし、イライラさせることもあると思う。なよなよして気持ち悪いって言われたし……でも、けじめつけたいんだ」

「てめー、言えるじゃねえかよっ」

竜也は吉川の背をバンッと叩いてから、生徒たちの前で仁王立ちした。

「おまえらさあ。ＳＮＳってヤツに慣れすぎたせいで他人を馬鹿にすることに慣れちまってんだよ。言葉だってなあ、痛えんだよ。これからは悪口言うなら、それ相応の覚悟をしろよな。吉川も黙ってねえから」

シンと静まりかえった中で、竜也はまた吉川に歩みよった。

「よし、頑張れ。この前はあとちょっとでできたんだから、できるだろ」

言うと、吉川は力強く頷いた。

鉄棒を握り、大きく蹴りあげてみる。

まだ全然回転が足りなかった。

「胸だよ。蹴った足を胸に寄せりゃあ、自然と回るんだよ。やれよ、思いきって。死んだ気になりゃ、できるって」

竜也が励ましたときだった。

「吉川、頑張れ。なんとかなるって」

覗き見していた生徒、星野が小さく声援をあげる。

荒川も続いた。

ぽつりぽつりと声援があがってる。

吉川は深呼吸して、大きく蹴りあげると、なんとか回転できた。手を離したから最後は尻餅だったがご愛敬だ。

「おー、できたじゃねえかよ」

吉川はまだ半信半疑の顔だ。

自分でできたことが信じられないらしい。

生徒たちが小さく拍手していた。

千佐も拍手している。

まだ、イジメられた側とイジメた側では、わだかまりはありそうだが、小さな一歩かもしれないなと思った。

3

「イジメねえ」

樹里は驚かずに、竜也の言葉を繰り返した。

塔子と同じようなリアクションである。

その日、竜也は深夜に樹里を呼び出して、駅前の居酒屋で飲んでいた。

一応はイジメのことを言わなくてもいけないかなと思っていた……というのは建前で、樹里と飲みたかったからである。

息子が寝た後なら気兼ねなく……という下心もあった。とはいえ、田舎の居酒屋だから誰が見ているかわからないので、一応相談に乗ったフリをしている。

「なんか、知ってたって感じっすね」

竜也は目を細めた。

ちなみに樹里に対して敬語になったのは、自分よりかなり年上とわかってからである。

そのへんの上下関係はヤクザの世界で染みついている。

「まあね。なんとなくは知ってたけど……でも、聡がそこまで追いつめられていたのは知らなかった。母親失格ね」

樹里はグラスのビールを、ごくっ、ごくっと勢いよく呷る。

カウンターに並んで座っているのだが、ほっそりした首が少しずつアルコールで赤くなっているのが艶めかしく、Tシャツ越しに突き出したバストが揺れる様もたまらなかった。

(この身体を、抱いたんだよな……)

思わず樹里の身体を盗み見してしまう。

くびれたウエストはため息が出るほど色っぽく、ミニスカートから覗く健康的な太ももにも目が吸い寄せられてしまう。

まわりの男性たちのいやらしい視線が、樹里にまとわりつくのを感じる。しかし、樹里はそんな視線は慣れたものといった感じで、店員が通りかかったのでつまみを何品か頼み、またビールを呷った。

「でも、聡は言い返したわけよね」

「ええ……まあ……」

「じゃあ、大丈夫かな」

樹里があっけらかんというので、竜也は「おいおい」と思った。

「心配じゃないんすか?」

竜也も焼酎を呷りながら訊く。

すると樹里はけらけらと笑って、

「だって、私の息子だもん。やるときはやるわよ。信用してる」

「なるほど」

確かにおどおどしつつも、ちゃんと言いたいことは、ぴしゃりと主張していた。芯は強いのかもしれない。

「感謝してるわ。竜也くんに」

樹里はフフッと笑って、続けた。

「向いてるんじゃないの？　教師に。頑張って試験受けたら？」

「まっさか。がらじゃないすよ」

「そうかなあ。だってこうやってイジメ問題を解消したわけだし」

「解消なんかしてないっすよ。イジメはそんなに簡単じゃないし。根深いんだから」

「ふーん」

樹里が前屈みになったので、相変わらずTシャツの襟ぐりからブラジャーと乳房の谷間が見えた。

アルコールが入って体温があがってきたのか、女の甘い肌の香りが、濃厚に漂い鼻先をくすぐってくる。ムンムンとした色香がたまらなかった。

と、ふいに樹里がその視線に気づいて、胸元を手で隠して睨んでくる。

「スケべっ。だめよ、もうヤラないから」

「えーっ？　マジすか？」

下心を見透かされて、竜也は口を尖らせる。

「だって、俺、息子の先生じゃないのに」

「先生じゃないって……ほぼ先生でしょ。それに、この前……あなたとウチに一緒に来た白石先生にも悪いし」

「は？」

竜也が訊くと、樹里は目を細めてきた。

「わかったわよ、すぐに。白石先生があんたに惚れてること。ねえ、白石先生は真面目なんだから、簡単に手を出さないでよ」

「手、出しちゃだめっすかねえ」

「やっぱりそんなこと考えてたのね。あんたも本気だったらいいと思うけど」

樹里がビールを置いて、けらけらと笑った。

「本気ねえ。俺、女に本気になったことないからなあ」

「ふーん。あんた、あんま本気にならない感じよね。うまく逃げるってタイプかな」

樹里に言われてドキッとした。

「いや、でもそんなこともないすけどねえ」

高校のときにキレたことが思い出される。

あれは逃げずに立ち向かったってことじゃないか？

でも……あのとき暴力ではなく、別の方法でイジメを拒否していたら……。

「まあでも、ホントに感謝してる。聡、ちょっと明るくなったし」

「息子を救ったんなら、お礼があってもいいじゃないすかね」

ミニスカから伸びた太ももに触ると、

「ちょっと……」

と、樹里は顔を赤くしながらもいやがらなかった。

「……いーよ。じゃあ、一回だけね。でもさ……その……仮にも教え子の母親じゃない？　あんた、いーの？」

「いいっすよ。樹里さんなら。生徒とこれは別腹で」

軽く言うと、

「……ホント、調子のいいスケベなんだから……一回だけだからね」

と、樹里がふくれた顔を見せる。

金髪ショートヘアの可愛いギャルママが、こんな風に恥ずかしがった姿を見せるのはかなりそそる。生徒の母親だって全然イケる。

4

この前と同じホテルに入る。

時間がないからと、樹里はベッドの上に乗ってすぐに自分のTシャツをめくりあげた。

水着のような派手なブラジャーに包まれたふたつのふくらみが露わになり、続けてミニスカートを落としてパンティも脱いだ。

大胆だが、けっして商売女のようにおざなりではなかった。

脱いでいる途中に、恥ずかしそうにちらちらとこちらを見てきたからだ。

ブラジャーは大きなフリルがブラカップの上部を彩り、白く隆起した双乳をよりセクシーに見せている。

相変わらず突き出したバストの大きさはすさまじいし、ウエストのくびれにもハッとさせられる。

改めて見ても、とても中学生の息子がいるとは信じられないプロポーションのよさである。

だが、そんなスレンダーな美しいスタイルながら、尻と太ももはムッチリしている。そこが三十二歳の熟れた人妻感を見せていて余計にエロいのだ。

（一回だけって、もったいねえよなあ……）

しかもこの可愛らしさ。

一度なんて言わずに、定期的に抱きたいくらいのいい女である。

竜也は鼻息を荒らげながら、自分も素っ裸になる。

股間のモノが勢いよく奮い立ち、それをちらりと樹里が見て、濡れた目をしながらベッドの布団に潜り込んでいく。

竜也も素っ裸で樹里の横に入る。

一回だけよ、と困ったように言ったわりに、樹里はすぐに抱きついてきて、勢いよく唇を重ねてきた。

「んうんっ……んんっ……」

すぐにとろんとした瞳で、深いキスに没頭していく。

竜也もすぐに興奮がピークに達した。

唇のあわいに舌をこじ入れる。

なぞるように口中を舐めあげれば、樹里も自分から舌をからませてくる。

「んふっ……んん……」

樹里のくぐもった声が、すぐに色っぽいものに変わっていく。この声がまたセクシーでそそるのだ。

(やっぱ可愛いよなあ……)

唇の柔らかい感触や、吐息や唾液の甘さがたまらなかった。

しかもだ。

生意気そうなギャルのくせに、こちらを気持ちよくさせようという意図も感じられるから愛おしくなってしまう。

キスをしながら、乳房に指を食い込ませるように、ギュッ、ギュッと揉みしだく。

「あっ……あっ……」

と、樹里が女の甘い声を発して顎をせりあげる。

「感じやすいんすよね、樹里さんって」

とニヤリ笑い、ちょっとからかうように言うと、樹里は赤くなった顔でキッと睨んできた。

「やだもう。恥ずかしいこと言わないでいいから」

ぷいと顔をそむけるも、またキスをして肌と肌をこすり合わせると、すぐに瞳を潤ませてくる。

揉んでいたおっぱいが、しっとり汗ばんで張ってきたのを感じる。

キスを外して見れば、薄い小豆色の乳頭部が早くも尖っていた。その乳首に吸いつき、チューと強めに吸引すれば、

「ああんっ……だ、だめっ……」

と、腰をもどかしそうに揺らめかしはじめる。

樹里の全身から発情したような甘い匂いがする。ハアハアと息を荒らげる表情ももうかなり切迫している。

「最後だからって、興奮してるのは、そっちじゃないすか」

竜也が煽るも樹里は、

「そ、そんなこと……」

とはっきりと否定しない。やはり燃えているのだ。

竜也はなおも執拗に乳首を吸い、乳房を唾液まみれにする。

樹里がMっぽいことはわかっている。だから少し乱暴に、豊満な肉丘に指を食い込ませてやると、

「ああンッ……」

樹里の甘い鼻声が漏れる。

手からハミ出るほどの巨乳は感度もいいし、しっとりした柔らかさもいい。

夢中で揉んだり吸ったりしていると、

「ねえ……ねえ……」

樹里が早くも物欲しそうに、じれったそうに腰をくねらせるので、竜也は笑ってしまった。

「ホントに一回で終わりなんすか?」

抱きながら見つめると、樹里は顔を赤らめながら口惜しそうに唇を尖らせて、拗ねた様子を見せてくる。

「……ちょっとだけ考えておく」

と、言って上目遣いをする。

そんな可愛らしい仕草をされたら、たまらない。

竜也はほくそ笑みながら、掛け布団をはぎとって樹里の両足を大きくM字に開

かせた。

おしめを替えられる赤ん坊のような格好にさせてから、くにゃくにゃした蘇芳《すおう》色の花弁に舌を這わせていく。

「あっ……だめっ……あっ……」

ネチャ、ネチャ、と音を立てながらクンニすると、樹里は背を浮かせて、ぶるっと腰を震わせる。

早くもヨダレのような透明な愛液が、じわりと奥からシミ出してきた。女の亀裂が蜜であふれかえっていく。

「もうこんなに濡らして、欲しいんでしょう？　ちゃんとおねだりしてくださいよ」

樹里は頷いた。

「欲しいわ……教育熱心な竜也先生の、おちん×ん、欲しいっ」

樹里がからかうように言うので、ちょっとニヤッとしてしまった。

「その先生に愛撫されて、ヨガりまくっている生徒の母親ってのも、かなりまずいっすけどね。そんなこと言うなら、まだあげられませんよ」

竜也はそっと指で内側の鮭紅色の粘膜を指で探り、奥に息づく小さな膣穴を探り当てる。

「焦らさないでよっ……んっ……あっ……ンンンッ！」

中指をぬるりと熱い穴に埋め込むと、その衝撃に樹里は大きく喘いだ。

「指で十分でしょう？」

「くうう、やめて……焦らさないでってば……あっ……！」

本当は指以外のものが欲しいのに、それでも指で感じてしまう人妻がエロすぎた。

もっといじめてやりたい。

竜也は指で攪拌しつつ、秘部の上にあるクリトリスをじっくりと舐める。

「うっ！　あああッ」

樹里がビクッとして身を大きくよじる。

「やっぱり感じやすいっすね。いやらしい蜜がとろとろとあふれて……」

「そんなの……あ、ああんっ……い、いや、いやっ……」

ぴちゃ、ぴちゃ、ぴちゃ、ぴちゃ、と卑猥な音をさせながら何度も舌を往復させると、美麗なギャルママの媚肉は唾液と愛液でぐっしょりと湿り、生臭い匂いを発してきた。

白磁のような柔肌はねっとりと桜色に染まり、さらにはしっとりと汗ばんでいて、甘い女の匂いをむせるほど濃く放ってきている。

竜也は激しく勃起した。

田舎の女はやはりいい。スケベで、それでいて慎みもある。

竜也は男根を握りしめると、指を抜いた穴に切っ先を送り込んだ。

「あああ！」

樹里の美しい顔が喜悦で歪んだ。

やはり狭いなと、竜也は顔をしかめつつ腰を送る。

硬くなったペニスが膣穴を押し広げ、ぬるりと奥まで嵌まり込んだ。柔らかい肉襞が吸いついてくるようだった。

熱い果肉が気持ちよすぎて、腰が震えた。

「ああっ……あああっ……」

樹里は感じいった女の声を漏らして、早くも腰を使ってくる。

「いいわっ、ああんっ……こんなに男が欲しくなったの、久しぶりよ」

あん、あん……とヨガリ声を放つ合間に、樹里がそんなことを伝えてくる。

「もったいないすよ。こんなにいい身体してんのに」

「そうね……ん……んうんっ……ああんっ……」

竜也はますます強いストロークを送る。

パン、パンッという音を奏で、何度も奥まで打ち込んだ。

「あっ……あっ……あっ……いいっ……気持ちいいっ！」

可愛らしく樹里が喘いで、しがみついてきた。

膣の収縮はいっそうきつくなり、痛いくらいに肉竿を搾り立ててくる。

たまらなかった。

唇を奪い、ギュッと身体を抱きしめながら、さらに突き入れる。

「う……んんっ……」

樹里は流麗な眉をつらそうに折り曲げ、悩ましい鼻声を漏らす。

竜也は口づけをほどいて、さらに突き入れる。

「あぅぅ、いいわっ。突いてっ、もっと……ああんっ、イクッ……」

樹里が切羽つまった顔を見せてくる。

こちらも限界だった。

「ううっ、で、出るっ……出すよ」

ガマンできなくて、そのまま竜也は射精した。

「ああんっ」

すさまじい勢いで精液が樹里の中に放たれる。

樹里もオルガスムスにのぼりつめたらしく、ビクッ、ビクッと腰を妖しげに痙攣させ、やがてぐったりしたあと満足げに微笑むのだった。

5

万が一のことがあるからと、竜也が先にラブホテルを出ることにした。

駅から離れた郊外のラブホだ。

学校からもかなり遠いので、来たときと同じようにタクシーを使おうと思ったけど、金がもったいないから歩くことにした。

(二時間ってところかなあ)

学校のチャリはあるが、そろそろクルマが欲しいなと思った。

田舎はクルマがないと生活できないのだ。

(中古でも買うか)

車庫証明は学校でもいいんだろうか。そんなことを考えながら、ふと、自分がこれからもこの場所にずっといることを想定していて笑ってしまった。

田舎がいやで東京に出たのに、結局は田舎暮らしか。

それも悪くないかなと、千佐の顔をぼんやりと思い浮かべながら歩き続け、駅裏の駐輪場の前を通りかかったときだった。

「……今言ったのどいつだよ」

駐輪場の奥から、チンピラが誰かにからんでいるような、そんな声が聞こえてきて暗闇に目をこらす。

派手なシャツの集団にからまれているのは、ウチの学校の制服らしい。

なんか昭和のカツアゲみたいな光景だなあと見ていると、派手なシャツの男が制服の子に手を出した。

さすがに殴られたとなると、見て見ぬフリはできない。

面倒だが煙草を咥えながら近づいてみると、倒れていたのは村上で、他のふたりも二年生だった。

相手の茶髪の男たちを見れば、ひょろっとした体形で、村上たちと体格的にそう変わりがない。

ああ……これが教頭の言っていた隣町のヤンキーかと思っていると、

「せんせーっ!」

と、二年のふたりが、こっちに向かって叫んだ。

竜也の風貌を見たヤンキーたちが、ギョッとした顔をしている。

「せんせー? こいつが?」

男たちが竜也の風貌を見て、びびっている。

そんなヤンキーたちを無視して、竜也は村上が倒れているところに向かっていく。

「大丈夫かよ。何したんだよ、おめえら」

竜也が尋ねると、二年の生徒たちは、

「俺らが歩いてたら、からんできたんだよ」

「助けてよ、先生」

と泣きついてくる。

「村上、おまえはどうなんよ」

しゃがんで訊くと、村上は切れた唇を手で拭いながら、

「見たでしょ、今の。警察もんすよ。ねえ、先生……早く警察に連絡してよ、俺らなんも悪くないし」

そう言って村上は立ちあがり、竜也の後ろに隠れた。

ヤンキーたちもどうしたらいいかと困っている。

竜也はヤンキーではなく、村上たちに向いて言った。

「てめえら、だっせーなあ……」

「え？」

生徒たちがお互いに顔を見合わせた。

「言っただろうが、俺は教師じゃねえって」

そう言って、竜也はヤンキーたちに、ちょいちょいと手招きする。

男たちが不思議そうな顔で近づいてきた。

「なあ、因縁つけてたのって、マジでおまえらからなの？」

ヤンキーたちはお互い顔を見合わせてから、首を横に振った。

「すれ違いざま、こいつらが『イマドキ、すげー格好』って笑ったんすよ。小さい声だったけどはっきり聞こえて……なあ」

他のヤンキーたちも頷いている。

「なーるほどな」

竜也は煙草の煙をふうっと吹き出した。

「んじゃいいや。おまえらやっていいよ、こいつら」

　全員がざわめいた。

「先生！」

「何考えてんだよ。こいつらのこと信じるんか」

　村上たちが騒ぎ出したのを、竜也が一喝した。

「うるせーな。悪口とかは覚悟して言えって言ったじゃねえかよ。どっちから言ったにせよ、俺にケツモチさせんな。男なら自分で蒔いた種ぐれー、自分で刈れや」

　竜也が言うと、村上たちが逃げようとしたので、

「おい待てっ」

　と、ヤンキーたちは追っかけていく。

　竜也もあとから行くと、三人は馬乗りで殴られていた。

「あらら。ちょっと待て、やりすぎだなあ、ヤンキーども」

　竜也がとめに入ると、ヤンキーたちは殴るのをやめる。

　村上たちが泣いていた。

「まったく……なあ、もう吉川にイジメとかしないよな、おめーら」

村上たちが鼻をすすりながら、何度も頷いた。

竜也がヤンキーたちの肩をポンポンと叩く。

「なあ、あんなもんでいいだろ。まだ気が済まないなら、俺がやるけど」

ヤンキーたちは、

「もういいっす」

と、そそくさと駐輪場に戻って、チャリに乗って去っていった。

「くっそー、あんた、マジで先生かよ」

村上が立ちあがって、唇の血を手の甲で拭った。

竜也が呆れた声で言う。

「先生じゃねーってば。おまえらが悪いんだろう？」

「でも、俺たち殴られて……」

三人が泣きながら訴えてくる。

竜也はまた笑った。

「もう陰で悪口言うのやめとけ。そのうち殴られるだけじゃすまなくて命落とすぞ、マジで」

言うと、三人は黙ってしまった。

「というか、おまえらなんでこんな遅い時間まで遊んでんだよ」

三人が顔を見合わせた。

「村上くんちでゲームやってて」

「そしたら、遅くなって……」

「ゲーム？　それでこんなに遅くなるのかよ。はよ帰れ。勉強しろ。何のゲームだよ」

村上が泣き顔で言った。

「フォートランド」

「ああ、おまえらもやってるんか。俺もうまいぜ、今度やろうぜ」

竜也が言うと、ようやく三人は明るい顔をした。

「どのランク？」

「どんなキャラ使ってるの？」

ようやく中学生らしく、無邪気な表情だ。

「しかし、毎日こんなに遅いのかよ」

竜也が言うと、村上たちは首を横に振る。

「今度、日本大会あるからさあ。その練習」

「へえ……日本大会ねえ……」

ピンときた。

「おい、それってオンラインだよな。家でできるんだよな」

「え……うん」

「明日、村上んちに行っていいか？」

三人が驚いて竜也を見た。

「え？　応援してくれるの？」

「まあな。じゃあいいな。明日昼ぐらいに行くからな」

竜也が言うと、村上たちは「いいよー」と、子どもらしく明るく返事をするのだった。

6

「は？　なんで吉川？」

「ちょっと待って、先生どうして吉川なんか連れてくるんだよ……」

翌日。

村上の家に吉川を連れていくと、村上たちが露骨にいやな顔をした。他にも女子生徒含めて五人もいた。吉川の顔面は蒼白だった。

「なんでって、こいつもエントリーしたからだよ。しかし、でけえ家だなあ」

悪いことしていると儲かるんだろうなと思いながら、大理石らしいものを敷きつめた玄関から入っていく。

「よう」

生徒たちに挨拶するも、やはり吉川が気になるらしく生徒たちはおとなしい。

「先生、できんのかよ」

村上の部屋に入り、竜也がモニター前でゲーム機のコントローラーを持つと、生徒たちが興味津々という顔をした。

「てめえら馬鹿にしやがってなあ。みてろよ。日本代表になってやっから。優勝賞金は百万だろ。それでクルマ買うからよお」

と、威勢がいいことを言ったわりに、一回戦であえなく負けてしまった。

「ちっくしょー。この家の回線がわりいんだよ」

「なんでだよ。先生の腕がわりいんだろ」

村上の言葉に生徒たちが笑う。

屈託のない笑顔に、竜也は安堵した。

(まあ中坊なんて可愛いもんだな。さて問題は……)

他の生徒たちも次々に負けて、吉川の番になった。

「吉川あ。できんのかよ、ホントに……」

村上がため息交じりにコントローラーを吉川に渡す。

「まあ、なんとか……やってみるよ」

吉川はそう言って、ゲーム画面に集中する。

他の生徒たちも適当に見守る中、吉川がゲームをはじめた瞬間、生徒たちの声が出なくなった。

吉川はあっという間に敵を倒して、ひとりだけ二回戦に進んだのだ。

「な、何……今の……」

「なんかプロみてえな動きしてたぞ。ウソだろ……」

呆気にとられていると、すぐに次の対戦になった。

「いけっ！　吉川っ……」

「そこだ、やれ。おお、勝てるぞ！」

いつの間にか子どもたち同士は、まるでわだかまりなんかなかったように、ゲームに没頭していた。

三回戦の相手は、かなり強い相手らしい。

さすがの吉川もピンチになった。

そのときだ。

「おい、もっと最初に突っ込んでった方がいいぞ。相手は様子見してっから」

村上が真面目にアドバイスしたので、生徒たちが驚いた。

「う、うん。村上くん……それでやってみるよ」

吉川がニコッと笑う。

「お、おう……」

と、村上が照れて返答する様は、とても今までイジメをしていたヤツの表情には見えなかった。

「おっ、いける！　いけるぞ、吉川」

「あと一点！　いけ、いけ！　おおお！　勝った」

「勝った！　ベスト16だぞ。まじか。すげえぞ」

吉川が勝って、みなでハイタッチしている。

ようやく中坊らしい笑顔が見られて、竜也も笑った。

（ったく、手間かけさせやがって。もう大丈夫だよな）

と、煙草を吸いにいくと言って部屋を出たが、そのまま帰るつもりだった。あとは吉川だけでもうまくいくだろう。

一階に降りたときだった。

いかつい顔をした男と会って、竜也は目を光らせた。

「……なんや、貴様は」

男は一瞬、ギョッとした顔をしたあとに、しわがれた低い声で言った。

「ああ、すみません、勝手にあがって、実は……」

学校の手伝いをしている旨を伝えると、男は少しだけ表情を緩ませた。

「ああ、そうか。聞いてるわ。東京からきたんやったか？　俺は健吾の父親や。健吾のことをよろしく頼むわ」

それだけ言って、健吾の父は去って言った。

（なんだ、今の？）

去り際に、竜也の顔をじろじろと見たのが気になった。

竜也は慌てて、そこから立ち去り、すぐに本間に電話を入れた。

第六章　処女の香り

1

一面、真っ白い世界だった。
寒くて手がかじかみ、足が震えて、歯がカタカタと音を立てている。
どこに行ったらいいかもわからない。
分校はどこにある？
千佐は？
樹里はどこにいる？
見えてきたのは、塔子の喫茶店だった。

だが、やっとの思いでたどり着いたのに、中に入ると塔子ではなく水橋が座っていた。

佐島組の若いやつらもいた。

組長の佐島が奥に座っている。

逃げようとしたら、連中に捕まえられた。

水橋が気の毒そうな顔をしている。佐島が呆れたような表情で竜也を見据えてきた。

「探したぞ、森竜也。手間をかけさせるな」

若い連中に押さえつけられて、手をテーブルの上に出して固定された。

「や、やめろっ。やめてくれっ。悪かった。悪かったよ……でも、俺はムショなんか……」

声が出ない。

バタフライナイフが小指に当たられた。

指をやられるっ。

必死に藻掻いた。

だが、身体がまったく動かなかった。

指を開かされて、ナイフが落ちてくる。

その瞬間……。

「森先生っ、森先生っ！」

身体を揺すられて、竜也は目を開けた。

ぼんやりとした意識がはっきりしてくると、いつもの宿直室だとようやくわかった。

横に千佐がいて、心配そうな顔をしていた。

「ごめんなさい、勝手に入ってきて起こしてしまって。だけど鍵が開いてて、そうっと覗いてみたら、森先生があまりに苦しそうにしていたから……」

竜也は身体を起こした。

ソファに寝ていたのだと、そのときようやく気づいた。

夢だったのか。いやな夢だった。Tシャツが寝汗でぐっしょりだ。額の汗を手の甲で拭った。

いやな夢を見ていたのは理由があった。

健吾の父親である、村上開発の社長が、やたら竜也のことをじろじろと見ていたので、気になって本間に連絡をしてみたら、村上開発は統人会とつながりがあることがわかったのだ。

本間は電話の向こうので、「やばいぞ」とこっそり知らせてくれた。

「ウチの組長、統人会のネットワーク使って、おまえの顔写真流したんだ。だから統人会とつながりのあるところなら、おまえの顔を知っている」

ゾッとした。

今まで呑気に「大丈夫だろう」と思っていたのだが、佐島はやはり本気だったのだ。

「村上都市開発ってのは新潟にあるんだな……ってことは、今は新潟にいるんだろ、おまえ」

もうこうなっては、本間に打ち明けるしかないなと思った。

村上開発が統人会とつながっていることがわかれば、なりふりかまっていられない。

「ああ。近くにいる。頼む、ここだけの話にしてくれ」

しばらく沈黙があった。

「……わかった。だけど、すぐ逃げられるようにしておけよ。実は、俺はおまえのこと探るように言われてる。もしつながってるのがバレたら、速効でおまえのこと全部話すからな」

「ああ、わかった」

「わるいな。だが、できるだけのことはしてやる」

そう言って電話は切れた。

本間のことは信用したいが、ヤクザのことを百パーセント信用するほど竜也もカンが鈍ってはいなかった。

自分に火の粉がかかるとわかれば、裏切ることができる。

それにしても迂闊だった。

村上があこぎな商売をしていると聞いたときに、ぴんと来るべきだった。暴力団とつながっているかもしれないと、もっと警戒するべきだったのだ。

せめて村上に顔を見られなければ……。

いや、そんなことは無理だ。

この狭い田舎で、顔を合わさないなんて不可能だ。

遅かれ早かれ、バレていたのだろう。

一刻も早く出て行こうと思ったが、昼間は目立ち過ぎる。

だから、夜になったらここを出ようと思っていたのに、ついつい寝てしまったのだ。

「今、何時？」

千佐に尋ねた。

「……十時。ごめんね、夜遅くに。でも気になったのよ、いきなり授業を休むって言うし、昼間も姿を見せないし。よっぽど具合が悪いんじゃないかと思って。お医者さんは行ったの？」

千佐が額に手を当ててきた。

その手をつかんで、引き寄せて無理矢理に唇を奪った。

「……ンンっ！」

千佐が腕の中で暴れた。

それでも、竜也はやめなかった。

欲しかった。

どうせ今からまっとうな生活なんてできるわけはない。

逃げて逃げて、逃げまくって……いつしか、佐島たちがあきらめるまで……。

いや、それとも……半殺しの目に遭ってでもムショに入り、そのあとヤクザとしてグレた人生を送るのがいいのか……。

とにかくいつ女を抱けるかわからないし、千佐ともこれっきりだ。

だったら、と強引にヤリたくなった。

「も、森先生っ……何をするんですかっ、いきなり……」

キスをほどくと、千佐が怯えたような顔で見つめてきていた。

「だから先生じゃないって。俺はただのチンピラさ。東京で暴力団の使いっぱしりさせられてたって前に言ってたよな。続きがあるんだよ」

千佐はじっと聞いている。

「ここに来たのは、友達の仕事を手伝うんじゃない。組から逃げてきたんだ。俺は幹部がやった不始末の代わりに、ムショにいけと言われた」

「えっ……そんな……めちゃくちゃじゃないの。そんなこと警察も納得しないでしょ」

「そのへんはサツとも連携とれてるんだよ。組からひとりでも生け贄を出せば、とりあえず手打ちにするってやつさ」

千佐は、

「信じられない……そんなこと……」

と、つぶやいた。

まあそうだろうな。

塔子もそうだったが、ヤクザ者ではない一般人にはわからない感覚だ。

だが組のメンツをかけても、裏切り者は許さない。

現にそこまで手がまわってきていた。

「信じられなくても、あるんだよ。あんたのような温室育ちのお嬢さんには理解できないことがよ。先生ごっこなんかしてる場合じゃなかったんだ。追われてたってことをすっかり忘れてた」

「警察……は、だめなのね……弁護士さんは？」

「別に犯罪じゃねえからな。逃げた組員を追ってるだけだ。弁護士も警察もなんの意味もねえよ」

ちょっとイラッときた。

千佐にまともに話が通じるわけはない。

ヤクザは常識が通用しない世界。

住む世界が違うんだ。

「じゃあ……どうするの？」

「逃げるさ、また……ここで先生ごっこはおしまいだ」

千佐がギュッと手を握ってきた。

「そんなのだめだよ。先生になるって、私も手伝うからって……二年生のクラスをあんなに元気にしてくれたのに……絶対にいい先生になれるのに」

千佐の目尻に涙があふれる。

竜也は思わず視線をそらした。

「どうせ、この分校もなくなるんだろ？　潮時だと思うぜ」

「なくならないもん。絶対になくさない。私、この学校がなくなったら……ホントに好きなの、この学校が。美山先生は私の恩師だし……」

「ああ、あのおばちゃん、そんなに昔からいるのかよ」

「私のときは教頭先生だったけど、すごくよくしてくれた。だから、私、この学校は守りたい。絶対になんとかする」

千佐の瞳が潤んでいた。

だけど決意は固いようで、目に光が宿っている。

健気だと思った。

その一本気で真面目すぎる性格は、竜也にはまぶしかった。

「ひとりで何ができるんだよ」

「できるもん」

「できるわけねえよ、ひとりでなんかっ」

声を荒らげたとき、竜也は千佐をソファに押し倒していた。

2

大きくて形のよいアーモンドアイが、キッと強く睨みつけてきていた。

本当にキレイな女だと思った。

前髪をそろえたポニーテールという地味だが清純そのものの髪型が、千佐のお嬢様めいた上品さを引き立たせている。

いや、ルックスだけじゃない。

芯の強さがある。

間違いなく、いい女だった。

こんな男ではなく、いい大学を出て真面目な仕事をしている男が似合うと思った。

竜也はわざといやらしい目つきで千佐の全身を眺める。千佐はハッとして、両手を胸のあたりでクロスさせた。

「……どうするつもり？　私のこと……」

「どうするって、わかるだろ」

千佐の濡れた唇に、再び口をかぶせていく。

「んんっ……」

千佐が腕の中で抗った。

唇はとろけそうなほど柔らかかった。甘い呼気や唾もたまらない。欲情した気分が加速する。

舌を入れるのは嚙まれないかと心配だが、さすがに千佐は抗っても、そこまではしてこなかった。

もちろん舌をからめてくるようなこともしないので、強引に舌を伸ばして、丸まっていた千佐の舌に届かせると、

「……ううんっ……」

と苦しげに悶えて、千佐は顔を真っ赤にさせていく。

（やっぱり経験ないな、この子……）

少し可哀想にも思ったが、だがやはり興奮には勝てなかった。

性的な欲求もそうだが、真面目でひとりでもなんとかするという強い気持ちを持つ千佐がまぶしかった。逃げてばかりの自分にはないものだ。うらやましくて仕方ない。

嫉妬で狂いそうだった。ふいにそんな強い女に弱音を吐かせてみたいと、壊したい欲求が湧く。

竜也は激しい口づけをしながら、Tシャツ越しの千佐の乳房を鷲づかみにして指を食い込ませる。

スレンダーではあるが、千佐のおっぱいはしっかりと悩ましいふくらみをつくっている。

男の手にわずかに余るくらいのちょうどいいサイズだ。

しかも弾力が素晴らしい。

「ンンッ……いやっ……！」

千佐がキスをほどき、恥ずかしそうに身をよじる。

さすがに処女ではないとは思うが、ほとんど男に抱かれたことすらないのが、なんとなく反応で伝わってくる。

もちろんこんなに乱暴にされたことなどないだろう。

だが、だめだ。

もう千佐を犯したくて、しょうがなかった。

竜也は千佐の身体を押さえつけながら、Tシャツを勢いよくめくりあげる。

白いブラジャーに包まれた、小ぶりの乳房がまろび出た。

続けざま、強引にブラカップもずりあげると、まばゆいばかりの真っ白い乳肉と、薄ピンクの小さな乳首が露出する。

「キレイなおっぱいしてんじゃん」

「ああ……だめっ……」

悲痛な女教師の叫びを、竜也はまた唇で塞いだ。

「ンフッ……ンンッ」

千佐がせつなげに眉をたわめて、激しく身をよじらせる。

組み敷いてみれば、意外に成熟したムッチリした下半身だった。セクシーに腰はくびれているのに、太ももやヒップは肉づきがいい。

竜也は夢中で腰を抱き寄せ、弾むようなたわな乳房のしなりを楽しんだり、腰から尻を撫でさすって感触を味わったりした。

千佐の乳房は弾力と張りが素晴らしかった。

まだ男に触れられていないような固さを感じて、それがまた開発してみたいという気にさせるのだ。

「いい身体してるな……初めて見たときから、ヤリたいと思ってたんだよな。それに無防備だし……知ってるかい？　あんたは中学生の男たちにオナペットにされてるんだぜ」

キスをほどいて煽るように言う。

この言葉はさすがに響いたようだった。

泣き顔でキッと睨んできて、逃げようと強く抵抗してくる。

だが、所詮は女の力だ。

逃げようにもなすすべなく、ハアハアと息を喘がせている。

ますます興奮し、抗う千佐をしっかりと抱きしめて、唇の隙間に再びぬるりと深く舌を侵入させた。

「ン！」

頬をつかみ、唇を被せて舌を入れ、口奥で縮こまっている千佐の舌をからめとる。

今度はもっと乱暴に、無理矢理に舌を吸引しながら唾を送って飲ませてやる。

「んんっ……んんんッ！」

千佐が両目を見開いた。

唾を飲まされるなんて、想像もしたことがないのだろう。

千佐の頬は真っ赤に染まり、恥辱の熱い涙が頬を伝わっていく。

「ううんっ……」

しかしだ。

今までいやがっていた千佐が、鼻奥から悩ましい声を漏らしはじめた。

少しずつだが、とろけてきている。

「感じてきてるのか？」

キスをほどいて竜也が言うと、千佐はハッとしたような顔をして、いやいやをした。

「そ、そんなわけないっ」

否定するも、しかし、わずかに千佐は感じていた。

（くっそ……）

気持ちよくなんかさせるつもりはない。

自分にはない強い気持ちを持つ千佐への嫉妬だった。

口惜しかった。

もっとみじめな記憶を与えたくなった。

女ひとりではどうにもできないことを、教え込ませてやりたかった。

竜也はいったん立ちあがり、自分のベルトを持ってくると、また千佐に覆い被さった。

ベルトを見た千佐の顔が青ざめている。

「な、何……」

「もっといい格好にしてやんよ」

千佐の手首にベルトを巻きつけていく。

さすがに拘束されまいと、必死に抗ってくる。

だが、どんなに抗っても男の力にはかなわない。強い力で千佐の両手首を背中にまわしてひとつにし、ベルトできつく拘束する。後ろ手の拘束だ。

「ああ……いやッ……ほどいてっ。ほどいてよっ」

千佐は真っ赤になって睨みつけてくる。

だが、いやがればいやがるほどに竜也の血液は沸騰する。

お次は口だ。竜也はポケットからしわになったハンカチを取り出し、くしゃくしゃに丸めた。

「口を開けな」

千佐は顔を打ち振る。

しかし、容赦しなかった。

顎をつかんで無理矢理にハンカチを千佐の小さな口に押し込んだ。

「むぅぅ！　んぅぅ」

「しっかり咥えてんだぞ」

猿轡をされた千佐が、怯えたような目をしていた。

声を出されようが、物音を立てられようが、深夜の校内には誰もいないのでどうでもいいことなのだが、声も手も封じて、好きなようにしてみたかったのだ。

「ムウウッ……ンンッ……」

両手を縛られた千佐は、そのスレンダーで華奢な肢体をさらけ出しても、隠すことができない。

形がよく、薄ピンクの乳頭部が清らかな乳房。

まくれあがったスカートから覗く、パンティストッキングに包まれたムッチリした太ももや白いパンティ。

口を塞がれているから目元が強調されて、犯される女の哀感がいっそう強く感じられる。

肌は興奮でうっすらとピンクに染まっている。

濃厚な汗の匂いもかぐわしい。

抵抗することも言葉も禁じられた、お嬢様教師はみじめだった。

再び手を伸ばして、今度は乳房をじっくりと揉み込んだ。

「ううっ、うむぅ」

千佐のくぐもった声がさらに大きくなる。

竜也は乳房にぐいぐいと指を食い込ませ、何度も形をひしゃげさせる。

「すげえ……やわらけえな。あんまり男に揉まれたことないんだろ？」

竜也は乳を搾るように強く握り、しこってきた乳首を舌で舐め転がしながら、軽く歯を立てた。

「くぅ！」

千佐の身体がビクッと大きく痙攣し、顎が跳ねあがった。

「乱暴にされるってのも、たまにはいいだろ」

言いながらまた、乳首を甘噛みする。

「んぐっ！」

痛みに顔をしかめた千佐が、身体を震わせる。

「いやなんだろっ。どうせ何もできないんだよ、ひとりでなんか……俺は逃げるんだよ、逃げきってやる。立ち向かうなんて馬鹿のやることだ」

嘲り笑うと、千佐が目を向けてきた。

その表情が哀しげに見える。

憐れみのようだ。

ますます嗜虐心が高まっていき、興奮しながら千佐の乳首をギュッとひねりあげた。

「痛いだろ？　ほら、泣き叫べよ」

苦悶の表情を浮かべる千佐は、それでも竜也を濡れた瞳で見つめ返してくる。

あのときの目だ。

子どもの頃……。

母親が父親にぶたれていた。母親が父親を見ていた目つきと同じだ。

今、少しだけわかった。

母親は父親を哀れんでいたのだ。

なぜ殴られても一緒にいるのか、なぜ殴られても言い返さないのか……。

そしてあのときの父親は今の自分だ。

いらいらして、自分を憐れむような目をする女がどうしても許せない。

「どうしてだッ」

竜也は千佐の口に詰められていたハンカチを抜き出した。

「いやなんだろ？　無理矢理なんて……それに処女なのか？」

千佐は首を振った。

「そうよ、だから何？　好きなようにしたらいい。だけど、私、負けないから。逃げたりしない」

強い口調で言われて、カアッと熱くなった。

もうガマンできない。竜也は着ていたジャージの上下とパンツをすべて脱ぎ飛ばし、千佐の前で全裸になった。

さらにもう一度、ハンカチを口に詰めさせた。

勃起は急角度でそそり立ち、先端からヨダレを拭きこぼしている。

千佐が顔を強張らせる。

怖いだろうに、だが気丈にも睨みつめてくる。

「くっそ……ようし、犬になれ。後ろから犯してやる」

そう言うと、千佐は今まで睨んでいたのに、

「んんん！」

と、ハンカチを咥えたまま、激しく首を横に振る。

この嫌がり方は確かに処女のようだ。

だったら初めてを刻んでやろうという気になり、強引にうつぶせにさせて、大きく尻を掲げる格好にする。

後ろ手に縛っているから、こめかみをソファに押しつけるなんとも不自由な格好だ。そのままスカートをめくりあげ、パンティとパンストを一緒くたにしてズリ下ろした。

「ウゥッ！　ううんッ」

肩越しにこちらを見る目が怯えている。

ハンカチを噛み締める千佐の口端から、ツゥッとヨダレの糸が垂れ落ちる。それを恥ずかしいと思ったのか、顔をソファに突っ伏した。

「おお……なかなか、いいケツしてんなあ、千佐ちゃん」

ヒップの迫力は想像以上だった。つるんとした桃のようなヒップが、眼前でく

なくなと揺れている。

竜也は舌舐めずりしてから、むしゃぶりついた。

「ンンッ！」

千佐はハンカチを嚙みしめながら眉をひそめ、尻を引っ込めようと大きく藻掻く。

だが、そんな抵抗はたいしたことではない。

尻を押さえつけながら、濃い匂いを発散させる陰部に口を寄せ、舌先を無理に挿入した。

「ううんっ、うう」

秘部は発酵したヨーグルトのような発情した匂いがする。

酸味がかなり強い、強烈な味だ。

さらに舐めると、じんわりと透明な蜜がこぼれてくる。

「処女なのに濡らしてんじゃねえか」

千佐は恥ずかしそうにくぐもった声を漏らしていた。

さらに舌先でキレイなピンクの陰唇をめくりあげ、襞を舌で丹念に舐めしゃぶった。

「むぅぅ！」

千佐はイヤイヤしながら、尻を振る。

濡らしてしまっているのが、わかるのだろう。

「可愛い顔をして、犬みたいにバックで犯されるのが好きなんだな」

千佐は濡れた瞳で竜也を見つめている。

それがまた先ほどのように、挑発的な目に見えた。

「なんだ、その目は！」

竜也は手のひらを容赦なく尻たぼに振り下ろした。

バチーンという音が響く。

「んんん！」

千佐は身体を伸びあがらせる。

さらに叩くも、しかし、千佐は睨むのをやめようとしない。

「なんなんだっ……いやなんだろ……その目をやめて、許してくださいっていえよ、なあっ！」

また口につめてハンカチを取ってやると、千佐は呟き込みながら、

「いやだけど……言わないわ」

カアッと頭に血がのぼった。

「ふざけるな……」

竜也は千佐の尻を乱暴につかみ、屹立をぐいぐいと押しつけた。

3
「中に出してやろうか」

冷たい声で言い放つと、さすがの千佐も瞳を凍りつかせた。

だが抗うようなことはせず、尻をあげたまま唇を強く嚙みしめている。

その表情も欲情を誘う。

竜也は躊躇なく尻割れの下部、柘榴のワレ目のようなぬかるんだ部位に、切っ先を突き入れた。

「あああ！」

千佐は不自由な体勢のまま、背をのけぞらせる。

小さな穴を拡張する感覚があり、ずぶずぶと貫いていくと、きつく膣ひだがからみついてきた。

「あンッ！」

根元までズブリと串刺しにすると、千佐は甲高い悲鳴のような声をあげた。ソファの上で後ろ手に縛られ、尻をあげた格好で女教師は犯されたのだ。

（くうっ……やっぱ、きついな）

先端も根元も強く締められていた。

おそらく元々膣穴が小さい上に、さらに緊張して強張っているんだろう。

だが肉襞はびっしょりと濡れているから、なんとか抜き差しくらいはできそうだった。

「あっ、ああッ……」

千佐は白い喉をさらけ出したまま、苦痛混じりのうめき声を漏らしている。

「痛いか？」

少し可哀想になってきて訊くと、千佐は真っ赤な顔をして顔を小さく横に振った。

「ホントは痛いんだろう？」

再び訊くと、千佐は涙目になって、

「ちょっ、ちょっとだけ……でも、いいの……」

「いいのって……おまえ……」

「不安なんでしょう？　逃亡生活なんて……だから、私を好きなようにして、少しでも気が紛れるなら……」

千佐が献身的なことを言うが、それがまた竜也の嗜虐的な心に火をつけた。

「じゃあ、好きなようにしてやるさ」

熱く滾った女の坩堝《るつぼ》に、竜也はしたたかに性器を打ち込んだ。

パンパンと尻肉の音が響き渡り、千佐の股からしとどに悦びの蜜があふれ出す。

「あああッ！」

千佐が叫んで、腰を震わせる。

結構な衝撃なのだろう。

涙目だし、目はうつろだ。

それでも健気に、痛みをガマンしている。

(本気で……本気で俺のために、慰みものになろうってか)

少し可哀想だと思いつつも、本能的に腰を動かしてしまっていた。

ヌルヌルとして温かな襞が押し包んでくる。

腰がとろけてしまいそうな快楽に竜也はうっとり酔いしれる。

「いいおま×こしてるじゃねえか」

言葉で煽っても、千佐に届いているかはわからない。

ただ、焦点の合わぬ目で、

「ああ、あああ……」

と、うわずった声を漏らすだけだった。

せめて感じまいとしているのか、それとも衝撃や痛みが走っているのか。わからないがなんともせつなそうで、その表情がまた興奮をかき立てる。

パンっ、パンっ、パンっ、パンっ……。

リズミカルについていくと、少しずつだが千佐にも変化が見えた。

「う、あううんっ」

先ほどまで、なんとも苦しげな声だったのに、ほんのちょっとだけ、甘ったるい女の感じた声が混じってきた。

「いいのか、よくなってきたのか？」

千佐は答えなかった。

答えなかった代わりに、

「あ、あンッ……はああんっ……ああっ」

いよいよ千佐はヨガリ声を漏らして、目の下をねっとり赤らめる。

「へっ。感じてきたのか。笑えるな、こんな乱暴にされて感じるなんて。いいんだぞ。声を出してっ。気持ちいいんだろ」

言うと、千佐はわずかに顔を縦に振った。

「いい……いいわ……」

メチャクチャにしてやりたかったはずだった。

だけど、素直に感じていると言われてしまえば、乱暴にする気も起きなくなってきた。

激しいストロークではなく、ゆっくりとなじむように出し入れすれば、

「う、ううんっ……ああんっ」

いよいよこらえきれないといった感じで、千佐は腰を動かしてきた。

泣いていた顔も、いつしか眉間に縦ジワを刻み、まるでとろけたような表情に変わっている。

「大丈夫か？　気持ちいいのか？」

バックから入れながら訊けば、

「いい……気持ちいい……ホントよ」

ついに千佐は感じているのを認めて、腰をうねらせてくる。

たまらなかった。

竜也は猛烈な勢いで抜き差しし、肉棒と肉襞をしつこいほどにこすり合わせていく。

「あアン、あんッ……」

千佐が真っ直ぐに見つめてきた。

おそらくイキそうなのだ。

抗うどころか、快楽に完全に翻弄されている。

だが、こっちもだ。

快楽と愛おしさで、気持ちが高揚している。

この女に快楽を与えたい。

そんな気持ちになったことなど、初めてかもしれない。

この田舎が悪いのだ。

塔子も、樹里も、そして千佐も、みんなあったけえから、おかしくなってしまったのだ。

「ああん、わ、私……私……」

千佐が切羽詰まった顔を見せてきた。

「イキそうなのか？」

今度は、恥ずかしそうに小さく頷いた。

ならばと、今度はゆっくりとストロークをした。強弱をつけて、感じさせてやろうと思った。

まだ経験がないから、奥でイクのは無理だろう。

竜也はバックで腰を振りながら、手を前に差し入れてクリの部分を指で刺激してやった。

さらにGスポットに当たるように角度を調整し、ゆっくりこするように突き入れると、

「あっ……あああっ！　そこ、そこ、だめっ……！　いやっ、いやあああ」

千佐が視線をさまよわせて狼狽《うろた》える。

泣き顔でこちらを見つめてから、アクメの波を察したのか、ギュッと目をつむった。

次の瞬間、千佐は身体を強張らせながら、尻をガクガクと激しく揺らして背中をのけぞらせる。後ろ手に縛られ、こめかみをソファにつけた恥辱のポーズで、

おそらく絶頂に達したのだろう。

膣が今までになく搾られて、そのまま射精しそうになった。

（やべっ）

慌てて抜いたペニスは、もうギンギンにふくれて今にも放出しそうだった。

やがて千佐は身体をがっくりと弛緩させ、ソファでうつぶせになってハアハアと息を荒らげている。

「大丈夫か？」

拘束していたベルトを取ってやると、千佐はゆっくりと起きあがった。

恥ずかしそうにうつむいている。

とても年上とは思えぬ愛らしさだ。

「イッたのか？」

ソファの隣に座り、千佐に訊いた。

「うん……でも、その……森……森先生は……」

「もう先生はいいだろ。竜也でいいよ」

「……竜也さんは、イッてないんでしょ？」

「まあ、でも、いいよ」

千佐が達したのを見たら、なんだか妙に満足してしまった。

あれほど暴力的だったのに、今はそんな気持ちはまるでなかった。

笑いかけると、千佐は決意したような顔をし、ソファから降りて竜也の足下にしゃがんだ。

そして足を開かせてくると、まだ勃起している男根を握り、舐めてきた。

「お、おい……」

おそるおそるといった感じで、根元を舐めている。

うまいとはまったく思えないが、しかし、こんな清純な女優みたいな女が自分のイチモツを舐めているのを見ているだけで興奮してしまった。

「あん……」

男根がビクッとしたのを、千佐が驚いたように眺めている。

「いいよ、無理しなくても」

「無理なんかしてない」

千佐は怒ったように言うと、ギュッと目をつむってそのまま大きく口をあけて竜也のモノを含んだ。

「うっ！」

まさかフェラしてくるとは思わなかったので、虚を突かれた。

千佐は、

「どうしたらいい？」

という感じで咥えながら、上目遣いに見つめてきた。

「どうせだったら、千佐の中でイキたい。だめか？」

正直に言うと千佐がカアッと頬を赤らめて、勃起を口から離した。

「私、まだ身体がふわふわしてる……だけど、それでもよかったら……」

千佐はまたソファに座った。

竜也はキスしながら、千佐をソファに仰向けにさせて、大きく股を開かせた。

千佐が強張ったように身体を硬くする。

二度目でもまだ慣れないらしい。

「今度は乱暴にしねえよ」

口づけをほどいて言うと、

「ううん、いいよ。私のこと、好きにしていいから……さっきとは違って、その……竜也さんに気持ちよくなって欲しいし……」

「十分気持ちいいよ。千佐とこうしてエッチできたし……」

目を見て話すと、彼女は照れて目をそらした。

「……ホントに俺なんかでいいのか？」

千佐は目をそらしながらも、力強く頷いてくれた。

気持ちが通ったなんてチープなことは言いたくない。だけど、あったかいと感じた。

熱いものがこみあげてきて、うつむいたまま千佐に挿入した。

「ああんっ……」

先ほどよりも色っぽい喘ぎ声だった。

（この快楽を、ずっと覚えていてくれ）

いずれ別の男に抱かれても、俺のことを覚えていてくれ。

竜也はそんな身勝手なことを願いながら、必死に腰を動かすのだった。

第七章　包帯越しの――

1

千佐には「逃げないから」と何度も言い聞かせた。

とにかくいったん帰れと、千佐の乗ってきたクルマに乗り込ませて、見えなくなるまで見送った。

ひとつだけ、千佐にはウソをついた。

もう追っ手がギリギリまで迫っている、ということを隠したのだ。

案の定だ。

校舎に戻り、窓の外を見れば遠目に黒塗りのベンツが見えた。

ひとりの男がクルマから出てきて、スマホで誰かと話している。遠くからだから顔は見えないが、雰囲気が赤川《あかがわ》という組員に似ている気がした。

(やべえ、早いな……)

慌てて持てるだけの荷物を鞄に詰め、とりあえず服を着替える。

勝手口から出て、校舎の裏山に向かって走り出した。

少し登ってから校舎を見下ろすと、暗闇の中で男たちが校舎の中に踏み込んでいくのが見えた。

間一髪だ。

(どうする?)

駅は見張られているだろうし、そもそもこんな深夜では、タクシーぐらいしか動いていないだろう。

千佐のところはすぐにバレるだろうし、樹里は子どものこともあるから巻き込みたくなかった。

裏山を走りながら、塔子の携帯にかけた。

(頼む、出てくれ)

コールが五回ほど続いたときだ。

「もしもし……？　どうしたの、こんな夜中に……」

塔子が眠そうな声で返答した。

「追われてる。旦那は？」

「いないわ。会合で遅くなるとか言ってるけど、おそらく女のところ。来る？」

あっさり言われて、竜也は驚いた。

「いいのかよ。組のやつらに踏み込まれるかも」

「そのへんはうまく巻いてきてよ。でも、旦那のいないのは今夜だけよ」

「それでもいいよ」

電話しながら、塔子に訊いた。

「どうしてこんなによくしてくれるんだ？」

「さあね。どうせ乗りかかった船だし……なんか情でも湧いたのかしらね。息子のことを思い出したし……なんかほっとけないのよ」

すぐに行く、と告げて電話を切る。

裏山からもなるべく大きな通りは出ずに、塔子の喫茶店に向かう。

といってもこんな田舎はほとんど真っ暗で、黒っぽい服を着て畦道を歩いていればそうそうはバレない。

梅雨前には、蛙の声もうるさくなる。

それも好都合だ。歩く音も聞こえない。

ようやく喫茶店が見えてきた。

何度もあたりを見渡してから、喫茶店のドアを開けて中に入ると、塔子がネグリジェのようなものを着て、店のカウンターに座っていた。

「大丈夫だったの?」

「ああ、こんな暗闇なら、簡単にはわかんねえだろうし。まさか奴らも一軒一軒は調べないだろ」

「でも、明日から地元をまわるんじゃないの? 村上さんのところが協力してるんでしょう?」

塔子には先ほど電話で全部話したから、内情はわかっている。

「だろうな」

「クルマ、貸してあげようか。ガソリンも結構入ってるし」

塔子が鍵を差し出してきた。

「えっ、でも返せないぜ」

「いいわよ、乗り捨てで。こっちは盗まれたとか、なんとでも言えるからごまかせるし」

鍵を見ながら、竜也は考えていた。

今からクルマに乗れば、逃げきれる可能性は高い。

だが、そのあとどうするかが問題だった。

逃げてみてわかったのだが、着の身着のままでどこかの町にたどり着いたところで普通に暮らせるわけがないのは骨身に染みた。

この場所は運がよかっただけ。

どこか他の場所で、まともに暮らしていける自信などまるでない。

裏の世界で食っていこうにも、こうして統人会の大がかりなネットワークが目を光らせている。

というよりもだ。

校舎に踏み込んできた連中を見て、竜也は今まで以上の恐怖を感じた。

今まではチンピラひとりなど適当に探すだけだろうと、高を括っていた。

だが、やはりヤクザはヤクザだった。

裏切られたり、メンツを潰されたらとことんまで追い込む連中だ。

恐ろしかった。

だが、千佐と約束したのだ。

逃げることはもうやめたって。

「どうしたの？」

塔子が訝しんだ顔をした。

「俺、逃げるのをやめようかと思うんだ」

「え？　どうして……」

「……千佐と約束したし、それに潮時だろ。ヤキを入れられてムショに入って、そこから俺は足を洗おうと思う」

「足を洗う？　ヤクザから」

「ああ」

「ヤクザをやめて、どうするの？」

「先公になる」

「ええ……？」

塔子は驚いた顔をしたが、笑わなかった。

「いや、意外と本気だぜ」

「わかってるわよ。だから私、笑わなかったんじゃないの。美山さんの見立ては正しかったってわけね。あなたを雇ったのは間違いじゃなかった。うんうん、いいんじゃないの?」

塔子が近寄ってきて、頭を撫でてきた。

フンと鼻で笑ってやった。

そういえば、親に頭を撫でられた記憶はなかったなと、ふと思った。

「でも、ただで出ていくつもりはねえよ。その前にカタをつけねえと」

「カタ?」

「ああ、あの分校を残すんだろ。地元の奴らはそれを願っている」

「それはそうだけど……どうやってやるのよ、そんなこと」

「なあ、藤木って市長いるだろ。あれと村上って仲が良いんだろ?」

塔子がきょとんとした。

「もうね、ズブズブよ。でも、それでも地元の有志だからねえ。市長もやり手でお金を引っ張ってこられるから、みんな目をつぶってるって感じかしら」

「なるほど。高速道路ができてもいいって人間もいるんだな」

「残念ながらね。でもねえ、高速道路なんかできたら、余計に人がいなくなるわよねえ。あなたも新潟が地元なら聞いたことない? 昔の話」

竜也も頷いた。

聞いたことがある。

当時の総理大臣の地元だからって、新潟の高速道路は早い時期につくられたらしい。

これで都会から若者が来る、という触れ込みでつくったはいいが、逆に都会に若者が流れていったのだ。

さらに細かく高速道路なんかつくったら、いっそう過疎化するのが目に見えている。

だけど、それで儲けたいってヤツもいるわけだ。

「ねえ、もしかして、分校を残したいってあなたに言ったのも、白石先生？」

塔子がニヤニヤする。

竜也は口を尖らせた。

「まあな。わかった。じゃあズブズブの関係は残しつつ、道路だけやめるか、どっか別のところに建設すればいいんだな」

「簡単に言うわねえ。国や県の計画なんか、簡単に変えられないでしょ」

「やる業者が変わればいいんだろ？　村上のところ以外がやって、別のところに道路をつくらせればいい。土地なんか余ってるし」

竜也はスマホを取り出した。

先日、ゲームをやりにいったときにＬＩＮＥは交換していた。ＬＩＮＥから電話をかけると、深夜なのに意外に早くつながった。

「え？　森先生？　どうしたの？」

村上健吾が受話器の向こうで驚いた声を出した。

「夜遅くにわりいな。なあ、おまえ、吉川に謝りたいって言ってたよな」

「えっ……うん、それは……」

「はっきりしろよ」

強い口調で言うと、

「うんっ。謝りたいし、その罪滅ぼしをしたいと思ってる」

「それで学校も守りたいって言ってたよな」

「親父には、そう言ったよ」

「でもだめだったんだな」

「仕方のないことだからって」

竜也はそこでひと呼吸置いて、話を続けた。

「おまえ、親父がよくないことやってるって知ってるよな」

　村上は少し戸惑いつつも、

「知ってる。それに悪いお金が出てることも知ってる」

　竜也は「え？」と思った。

「なんで知ってるんだよ」

　今度の沈黙は少し長かった。

「……俺、勉強で使うからって、タブレットを持ってるんだけど、親父が設定したから、勝手に親父のパソコンと同期したことがあったんだ」

　竜也もそれくらいは知っている。同じ設定にすると、勝手に同期してパソコンとスマホでデータのやりとりができるようになるのだ。

「そのとき、なんか工事の受注とかで、外に出しちゃいけないって書いてある見積もりがあって……市役所から金をここに配ってくれって、やばいこと書いてあって」

「それだ！　データ、まだあるか」

「一応……だけど、ホントにそうかわかんないし、役に立つかどうか」

「確かに役に立つかどうかわかんねえけど、俺を信用して送ってくんねえか」

「えっ……それは……」

さすがに村上は躊躇した。

「吉川に悪いと思ってんだろ。それに学校も残したいし、親のこともよくないって思ってる。だったら腹決めろや」

「わかったよ。でも、警察とかに持ってくの？」

「そっちにはもっていかねえ。だけど、親父はちょっとパニックになるかもしんねえぞ」

村上は、

「それでもいい」

と、言ってくれた。

あとは細かな打ち合わせをしてから、電話を切った。

「どうするつもりなの？」

聞き耳を立てていた塔子が言った。

「統人会に村上の会社を買い取ってもらう」

「は？　えええ？」

塔子が激しく驚いた。

竜也は続ける。

「あの会社、羽振りがやたらいいけど、おそらく市長から仕事をいろいろまわしてもらってんだろ。今、村上が言ってた資料がホントに出てきたら、それでゆすれるだろ。安く買いたたく」

「ねえ、そんな証拠があるなら、警察に行った方が早いでしょ」

「暴力団ってのは、サツともちつもたれつだから。ウチの組もそうだ。どうせここも同じだろ」

「確かに……でもあの分校は？　別会社になっても高速道路の建設は続けるんでしょ、どうせ」

「そのうまいシノギの話を持ってたってことで、統人会には代わりに学校だけは手を出さねえでもらう。甘え考えってのはわかってるけど、それくらい情けはかけるんじゃねえのか」

「それで……あなたが出ていくってわけね」

「ああ、まあすべては村上のその資料にかかってるけどな」

一縷の望みだが、ひとりの男が組に楯突くとなると、こんなことしか頭に浮かばなかった。

竜也のいた佐島組は統人会の末端で、全国に三百はある系列の組の中でもかなり後発の方だった。

2

しかも魑魅魍魎の住む歌舞伎町がシマである。

後発がつけいる隙はないはずだが、それでも十数人の小さな組が存在感を出せたのは、佐島と佐島の右腕の白浜《しらはま》という男が、やり手の不動産ブローカーと金融ブローカーだったからだ。

竜也にはよくわからないが、土地転がしで億単位の金を得たり、仮想通貨ってやつでかなり儲けたとも聞いている。

それと、竜也が世話になった水橋の力も大きい。

手配師として外国人労働者や生活保護の連中を使って、国から税金をせしめるのはお手の物。

つまり、市役所とつるんで利益をあげている村上開発は、佐島たちにしてみればうまいシノギの会社というわけだ。

村上健吾が盗んできた資料には、確かに市側から用地売買についての不正な金の流れが書いてあった。

本物かどうかも怪しいし、裏取りできてないから証拠にはならない。

だがヤクザにはそれで十分だろうと思い、佐島に連絡を取ると、竜也の提案に佐島は乗ってきた。

話をさせてくれといった先で、ワゴンに拉致されてクルマの中でいきなりひどく殴られた。

右の目が青紫色に腫れあがり、口の奥が切れた。

怖かったが、暴力はまだいい。

それはもう覚悟していたからだ。


新宿の事務所に連れて行かれて中に入ると、佐島がデスクに座っていて、パソコンの画面を見ていた。

相変わらず、すっきりした内装だった。

とてもヤクザの組事務所とは思えないほどキレイで、どこかおしゃれなオフィスみたいだった。

若い連中は派手な柄のシャツを着て、眉のない顔で睨んでいたが、幹部連中は高級そうなスーツで銀行員のように身なりを清潔にしている。

水橋もスーツを着ていた。竜也を見ると、小さくため息をついてから、佐島と同じようにパソコン画面にまた視線を戻した。

竜也は応接室に連れて行かれてソファに座らされた。両脇に若い男たちが座る。本間の姿はなかった。しばらくすると、佐島が入ってきて向かいのソファに座った。

「よお、久しぶりだな。あんっ、誰だ？　竜也をそんな顔にしたヤツは」

佐島が低い声で言うと、

「すみません」

と、両脇の男たちが頭を下げた。

「ずいぶん探すのに手間取ったし、学校から逃げやがったんで、つい」

「つい、じゃねえだろ。竜也はいい話を持ってきたんだ。いわばパートナーだろうが。アキラ、珈琲ぐらい淹《い》れろよ。竜也はアメリカンだ。あっ、口の中がしみるのか。アイスにしてやれ」

「はい」

竜也の右にいた男が立ちあがり、部屋から出ていった。

「ったく。若い連中はすぐに手を出しやがるからなあ。まあ勘弁してやってくれよ」

佐島が前屈みになって、下から仰ぐようにじっと見つめてきた。

口元の笑みはまるで紙を切って貼りつけたように薄っぺらかった。目の奥が笑っていないし、何よりも眼光が鋭い。

以前から怖いと思っていたが、佐島は柄シャツの若い男たちとは比べ物にならないくらい殺伐とした雰囲気を醸し出している。

暴力の匂いはしない。

平気でゴミと一緒に廃棄されそうな、得体のしれない恐怖があった。

「しかし、うまいところに潜り込んでたなあ。実家は張ってたんだけど、その隣町とはな。しかも口八丁手八丁で、まっとうな仕事にもありつけてたって、なかなかじゃねえかよ。村上ってヤツがタレ込まなけりゃ、しばらくわかんなかったぜ」

佐島が、

「おい、まだか」

と声を荒らげると、先ほどの若い男がカップに入れたコーヒーを持ってきた。

氷が浮いた冷たそうなアイスコーヒーだ。

喉が渇いていたが、手を出す気にはなれない。

佐島は自分のカップを持って、一口飲んでから話を続ける。

「統人会のネットワーク使ったって、どうせ無理だろうと思ってたんだぜ。あの村上ってヤツが、たまたま直前にメールでおめえの顔を見ていたからわかったんだが、普通はわかんねえ」

そこまで話して、佐島はアイスコーヒーのカップをテーブルに置き、また前のめりになった。

「なあ、代貸しにおめえを選んだのは、おめえができねえからじゃねえぞ。前から見どころはあると思ってたけど、幹部にはまだ早《はえ》えだろ。だからムショでハクをつけてから、上にあげてやろうって思ってたんだぜ」

代貸しとは、身代わり出頭のことだ。

「あ、ありがとうございます」

一応礼を言ったが、さすがに竜也にも詭弁だとわかった。

何年ぶちこまれるかわからないところに、稀代の若手は登用しまい。頭の悪い竜也にもそれくらいは理解できる。

「でも、俺、臆病だし、よわっちいし、幹部なんて」

「臆病な方がうまくいくんだよ、ヤクザな商売は。それに今の時代は腕っぷしなんか関係ねえよ。ここよ、ここ」

そう言って佐島は頭を指さした。

「現におめえは、村上開発ってところが、あこぎであぶく銭儲けてるってわかって、その証拠までもこうして土産として持ってきたじゃねえか。やっぱ見どころあるわ。その話、進めるときはてめえも一枚嚙め」

佐島は上機嫌でアイスコーヒーを全部飲み干した。

「えっ、それじゃあ、その……ムショは？」

「別のやつにやらせるよ。ご苦労さんだったな。逃げてたときに使った金は経理のヤツに言っとけ。レシートがなくても全部精算してやんよ」

予想外の言葉だった。

にわかに気持ちが晴れたのを感じた。

「あ、ありがとうございますっ。じゃあ、あの……分校の用地売買だけは中止にするって……あれも……」

「え？　あれはそのまま続けるよ」

佐島はあっさり言った。

竜也は顔を曇らせる。

「でも、そのこの話を持っていったときに、それが条件だって……」

「なあに言ってんだよ」

佐島は氷をぼりぼりとかみ砕き、ごくんと呑み込んでから続けた。

「あそこはいいところだな。普通に、あんなバカ高い金額で土地購入なんかしたら、市長の裁量の範囲外ってことで、市議会から訴えられる。だけどみんなズブズブだから誰も訴えねえ。懐が痛むのは補助金出してる国だけだし。その分校だってあんなに生徒が少なきゃ、いずれどっかと統廃合だろう？　別にいいじゃねえか」

竜也が最初に取ったリアクションとまったく一緒だった。

普通に考えれば、あの分校を守ることなどまったく無意味なのだ。

「話はもういいか？　じゃあ、ご苦労さん」

佐島が立ったときだった。

「困るんです。あの学校がなくなったら」

思わず口走っていた。

「ああ?」

佐島が今までとはがらりと違う口調で、睨みつけてきた。

竜也は震えながらはっきりと言った。

「あの学校がなくなるんなら、村上開発の見積もり書は出しません」

「……おいおい、さすがに原本は欲しいんだよな。てめえ、コピーも一部分しか見せてねえだろ? まだあるよな、全部出しとけ」

「いや、その……いやっす」

「ああん?」

すごまれて、背筋が凍った。

別にあんな学校くらいどうでもいいじゃないか。

千佐には「ごめん、無理だった」と謝ればいいし、あの生徒たちも不便になるけど散り散りに別の学校に通えばいい。

なんの問題もない。

ここで意地を張っても意味なんかまるでない。

だけど……。

だけど、逃げるなという言葉だけが頭の中に響いていた。

教師のまねごとなんかして、それが竜也の気持ちを変えたのだ。あの学校をなくしたら、なんだかわからないが、また元に戻ってしまう気がして必死だった。

ずっと逃げてきた人生だ。

ここで変えたいという気持ちが湧いている。

「なあに寝言を言ってんだ……まあ、いいや。明日まで考えとけ。一晩考えりゃ意味がねえってわかるだろ」

佐島が応接室のドアに手をかけた。

「いや、変わらないですから」

竜也はソファから降りて土下座した。

「このとおりです。あの学校だけは……」

うつむいている竜也にも聞こえるほど、佐島は大きなため息をついた。

「なんなんだよ、あそこに何があるんだよ。女か？　いや、それだけじゃねえよな。何があるんだよ」

詰められても、竜也は何も言えなかった。

いや、なんと言っていいかわからなかったのだ。

強いて言えば、生まれてはじめて逃げずに、ただ真っ直ぐに生きてみたいと思った証だろうか。

佐島は頭をかいて、またため息をついた。

「わーったよ、めんどくせーな」

佐島が頭をかいた。

「えっ、それじゃあ……」

「めんどくせーから、埋めてやるよ、てめえ。もうちょっと頭がいいと思ってたんだけどな。俺は損得勘定できねえバカはキライなんだよ、おい、ヤス！」

「へい」

ソファに座っていて今まで一言もしゃべらなかった男が、初めて口を開いた。

「この前、死んだじじいから山、巻きあげただろ。あそこのてっぺんまで行って埋めとけ。ヤス、わるいな、仕事をつくって。あと、白浜呼んどけ。新潟のくそ田舎の不動産会社がおもしれえから、乗っ取るってな」

佐島はそれだけ言って、ドアを開けて出ていった。

ヤスと呼ばれた男がじっと見つめてきていた。
全身から汗が噴き出していた。
死にたくない。
千佐に会いたい。
あの分校で、千佐と一緒に教師をやりたい。
生徒たちにいろいろ教えてやりたい。
素直なヤツらだ。
自分が話すことは、全部興味津々で聞いてくれるだろう。
変わりたい。
まっとうに生きてみたい。
「うおおおっ！」
思いきって男を突き飛ばし、部屋から出た。
すぐに若い衆たちが囲んできて襲いかかってきた。
わけもわからぬまま、手当たり次第に物を投げまくった。
なんとか、なんとか……あの玄関まで、と思ったら頭を殴られた。
意識がうっすらとなくなっていく。

ただ痛みというものは、じわじわとやってくるんだと、うずくまったまま、おかしなことを思い浮かべていた。

3

「つや……竜也さんっ！」

呼ばれて目を開けると、千佐が覗き込んでいた。

全身が痺れていて、身体が動かなかった。

「待って。動かないで。肋骨が折れてるって、先生が」

「先生？」

ぼんやりとまわりが見えてきた。

おそらく病院だろう。

「俺、なんだっけ……？」

どうやらベッドに寝ているようだった。

手足に包帯がまかれているところを見ると、かなりやられたらしい。

「全治三カ月、リハビリつきだって」

千佐が涙目で、こちらを見ていた。

「あれ？　千佐……なんで？」

「乗り込んできたんだよ」

千佐の後ろから、水橋が現れた。

とっさに顔が強張る。

「心配すんな。おまえがフクロにされているときな、警官と一緒にこのお嬢ちゃんが入ってきて……普通は組のいざこざなんかにサツなんか入ってこねえよ、持ちつ持たれつの関係だからな。だが、お嬢ちゃんみたいに一般人に通報されたら無視できない。それで、現行犯でヤスたちが傷害でパクられたってわけだ」

「パクられ……えっ……だって俺も組員で……」

「今の時代、暴対法があっから、組でヤキ入れるのも犯罪なんだよ。あとで刑事が来るから適当に答えろ」

そうか……。

千佐を見つめると、泣き笑いの顔をした。

抱きしめたかったが、両手が痛いのでどうにもならない。

「感謝しとけよ、そのお嬢ちゃん来なかったら、おまえは今頃、くらーい山の中だったからな」

　それだけ言って、水橋はベッドのまわりを覆っている白いカーテンを開けて出ていこうとする。

「水橋さん……あの分校は……？」

　振り向いた水橋が笑った。

「まあ今回ので警察に目ぇ、つけられたから、佐島さんもしばらくは目立って動けねえだろ。村上開発ってところと市長の癒着もさすがに目立ってきて、かばいきれなかったらしいぞ。あっちも大変なことになってる。まあ、とりあえずおまえの言う分校ってヤツは守られたわけだ」

　竜也は千佐を見た。

　千佐が小さく頷いた。

「水橋さん……」

　竜也が呼ぶと、水橋はホストみたいなキレイな顔で爽やかに笑う。

「だからさあ、俺はおまえが組員になるのを反対したんだよ。てめえは義理人情に厚すぎる。いいか、もうこっちには来るな。てめえのことは俺が手打ちにしてやっから。好きなように生きろ」

言ってしまうと、室内はふたりきりになった。

おそらく相部屋だと思うのだが、カーテンの向こうでは声がしない。光が差し込んできていて、温かな病室だった。

「俺さ、逃げなかったよ」

千佐が包帯を巻いた手を握って「うん」と言ってくれた。

「俺、先公になれるかなあ」

「なれるわよ。きっと」

「まっとうになれるかなあ」

「なれるでしょ。ねえ、よくなったら、実家に帰りましょうよ。あそこから近いんでしょ？」

「実家？　ああ……そうだな」

いやな気分も湧いたが、今は以前より、親父やおふくろを毛嫌いする気はなかった。

ただ今はまだ会う気にはならない。

だがいずれは顔を見せたいと思う。

「それより、あいつらの顔が見てえなあ」

「吉川くんたち？」

「ああ、あいつらさあ、頭はよくねえけど、おもしれえんだ。そういやあのゲームはどうなったんだろ。プロゲーマーってのも、今は立派な職業なんだぜ。逆あがりの次は大車輪だ。夏には泳ぎも教えねえと」

「わかったから、そんなに慌てて喋らないでいいから」

塔子や樹里にも礼を言いたかった。

喋りたいことは山ほどあったが、話していると頭がぼうっとして、目を開けているのがつらくなってきた。

なんだか身体がぽかぽかしている。

「なあ、千佐の手って、すげえあったけえなあ」

「ええ？　包帯越しなのにわかるの？」

「わかるさ」

田舎はあったけえなと思いつつ、竜也はゆっくりと目を閉じた。

＊この作品は、書き下ろしです。また、文中に登場する団体、個人、行為などは実在のものとはいっさい関係ありません。

二見文庫

分校《ぶんこう》の女教師《おんなきようし》

2022年 7月 25日　初版発行

著者　桜井真琴《さくらいまこと》

発行所　株式会社 二見書房
東京都千代田区神田三崎町2-18-11
電話 03(3515)2311［営業］
03(3515)2313［編集］
振替 00170-4-2639

印刷　株式会社 堀内印刷所
製本　株式会社 村上製本所

落丁・乱丁本はお取り替えいたします。
定価は、カバーに表示してあります。

ISBN978-4-576-22095-6
https://www.futami.co.jp/